Sindbad - Der Seefahrer
Erzählungen aus 1001 Nacht

AF158780

epilog 5.005

Gustav Weil *(1808–1889) war von 1831 bis 1835 Korrespondent in Algier und Kairo, danach Lehrbeauftragter und ab 1845 Professor für Orientalische Sprachen in Heidelberg.*

Louis Rhead *(1857–1926) wurde in England geboren und wanderte später nach Amerika aus. Er war ein anerkannter Plakatkünstler und Buchillustrator.*

Ronald Hoppe *(*1964) war Art-Director der IHK-Zeitschrift ›Berliner Wirtschaft‹ und Herstellungsleiter beim Shayol-Verlag. Als Layouter ist er u. a. für Klett-Cotta, Piper und Random House tätig.*

Sindbad
Der Seefahrer

Erzählungen aus
1001 Nacht

Aus dem Urtext übersetzt von
Dr. Gustav Weil
Illustriert von Louis Rhead

Bibliografische Information der Deutschen Nationalbibliothek:
Die Deutsche Nationalbibliothek verzeichnet diese Publikation
in der Deutschen Nationalbibliografie; detaillierte bibliografische
Daten sind im Internet über http://dnb.dnb.de abrufbar.

Illustrierte Neuausgabe von Epilog-Heft 2.008

© copyright 2016 by epilog.de • Alle Rechte vorbehalten

Ausgewählt, redigiert und gestaltet von Ronald Hoppe
Titelmotiv, Illustrationen und Initiale von Louis Rhead
Herstellung und Verlag: BOD – Books on Demand, Norderstedt

ISBN: 978-3-7392-2968-3

Die Abenteuer Sindbads des Seefahrers

an behauptet, o glückseliger und verständiger König, dass unter der Regierung des Kalifen Harun Arraschid, Gott erbarme sich seiner! in Bagdad zwei Männer lebten: der eine hieß Sindbad der Seemann und der andere Sindbad der Lastträger. Sindbad der Lastträger war ein sehr armer Mann, der eine große Familie und einen kleinen Verdienst hatte; Sindbad der Seemann hingegen war ein äußerst angesehener und weiser Kaufmann, der einen so ausgebreiteten Handel trieb, dass er

am Ende gar nicht mehr wusste, wo er das viele gewonnene Gold und Silber und die mancherlei Waren aufbewahren sollte. Er kaufte Sklaven und Sklavinnen und besaß einen Palast, der einem Sultan zur Wohnung hätte dienen können. Die Wände waren mit den reizendsten Malereien und Zierraten bedeckt, und glänzten von Gold und Edelsteinen; alle Zimmer wurden mit Ambra und mit Aloe vermischtem Rosenwasser besprengt, köstliche Räucherwerke vermengten sich mit dem Dufte der Blumen, welche in den ans Haus grenzenden Gärten wuchsen, die alles enthielten, was sich das Herz nur wünschen kann. Viele Sklaven waren zur Bedienung aufgestellt, und fortwährend erscholl Gesang und Musik von Cymbeln, Harfen und anderen Instrumenten. Während der Seemann dies alles besaß, war der andere ein armer Teufel, der um Lohn den Leuten ihre Lasten da und dorthin trug.

Eines Tages nun kam ein Mann auf ihn zu und sagte: »Willst du mir diese Last da und dahin tragen?« Sindbad erklärte sich bereit dazu und nachdem ihm der Fremde den geringen Lohn gegeben und gesagt hatte, wo er den Pack hintragen soll, ging er fort. Sindbad lud sich die Bürde auf und verfolgte den ihm angegebenen Weg. Dieser führte an dem Haus Sindbad des Seefahrers vorüber, und da der Träger sehr ermüdet war, so legte er seinen Pack nieder, um ein wenig zu ruhen. Vor dem Hause war sauber gekehrt und besprizt, der Ort war kühl und von Wohlgerüchen geschwängert, welche das Herz erquicken und die Müdigkeit verscheuchen.

Wie er nun so dasaß und den süßen Duft einatmete und sich abkühlte und ausruhte, hörte er aus dem Inneren des Hauses muntere Vogelstimmen von Tauben und Nachtigallen, Töne der Laute und Harfe, und entzückenden Ge-

sang von Mädchen. Er sah in das Haus hinein und erblickte viele Diener und Sklaven und die feinsten Speisen und allerlei Gewürz, wie man es gewöhnlich nur bei Königen und Sultanen findet. Da hob er sein Auge zum Himmel empor und sagte: »O Schöpfer, o Erhalter, o allmächtiger Gott! Verzeihe mir meine Sünden, ich kehre von allen meinen Beirrungen zu dir zurück! O Herr! Niemand ist unter den Sterblichen, der etwas einwenden könnte gegen das, was du tust. Niemand darf sich fragen, warum du so handelst und nicht anders! Du weißt alle Geheimnisse und deine Macht kennt keine Grenze! Sei gelobt und gepriesen, o Herr! Wie groß und erhaben ist deine Herrschaft, du verteilst Armut und Reichtum, Glück und Unglück, wie es dir gefällt! Wie groß, o Herr! wie erhaben ist deine Macht! Du hast diese Diener und diese Jungen und den Herrn dieses Ortes glücklich gemacht; sie leben Tag und Nacht in jeglicher Lust und Freude, dein Befehl wird an allen deinen Geschöpfen vollzogen, die einen führen ein ruhiges Leben, die anderen, wie ich, ein mühevolles, von allen Freuden beraubtes.« Dann sprach er folgende Verse:
»Wie viele Qual ohne Ruhe! Während andere den Schatten des Glückes genießen. Ich lebe in täglichen Beschwerden und Sorgen, und übergroß ist meine Last. Andere sind selig ohne Leid, und nie gibt ihnen das Schicksal eine Last, wie mir, zu tragen. Sie sind immer vergnügt im Leben, haben Reichtum und Ansehen, Essen und Trinken. Und doch entstehen alle Geschöpfe aus einem Tropfen, und doch gleichen die anderen mir, und ich bin wie sie. Aber unser Leben und Schicksal ist sehr verschieden, ihre Bürde gleicht der meinigen nicht! Ich erfinde nichts, meine Worte gehen zu dir, o gerechter Richter, dein Spruch ist doch Gerechtigkeit!«

Kaum hatte Sindbad diese Verse geendigt, so sah er einen sehr hübschen, reichgekleideten Jungen von feinem, schönem Ansehen zur Türe herauskommen und auf sich zugehen. Der Junge ergriff ihn an der Hand und sagte: »Mein Gebieter, der Eigentümer dieses Hauses schickt mich zu dir, er will dich sprechen.« Der Träger sträubte sich anfangs einzutreten, doch fand er keinen Grund, sich zu weigern, so hob er denn seine Last auf, legte sie in die Vorhalle des Hauses zum Pförtner, und folgte dem Jungen ins Haus, das sehr geräumig und solid gebaut war, bis sie in einen großen Saal kamen. An seinen vier Seiten waren Erhöhungen mit kostbaren Divanen angebracht, in der Mitte sprang ein Springbrunnen, die Fenster gingen auf einen schönen Garten, ein erfrischender Zephyr führte den Duft der Blumen, den Gesang der Vögel und das Murmeln der Bäche durch die Fenster zu den Ohren der ehrwürdigen Versammlung, welche in weitem Kreise um den Hausherrn herumsaß. Dieser nahm den Ehrenplatz auf einer Erhöhung ein und war ein ehrwürdiger Greis.

Als der Lastträger eintrat, grüßte er und küsste die Erde vor den Gästen und dem Hausherrn und dachte: nur im Paradiese gibt es einen solchen Ort. Dann blieb er wie ein wohlgebildeter, anständiger Mann ruhig stehen. Alle erwiderten seinen Gruß und hießen ihn willkommen. Der Hausherr aber grüßte und empfing ihn noch besonders, lud in ein, sich neben ihm niederzulassen und fragte ihn, wie er heiße, wo er her sei und was für ein Geschäft er treibe?

Der Lastträger antwortete ihm: »Wisse, mein Herr, ich heiße Sindbad der Landmann oder Lastträger, denn meine Beschäftigung besteht darin, den Leuten um Lohn ihre Lasten zu tragen. Dies ist mein einziges Geschäft,

»Mein Gebieter, der Eigentümer dieses Hauses schickt mich zu dir, er will dich sprechen.«

das mich ernährt. Ich bin ein sehr armer Mann und weiß nichts anderes zu treiben, um mich vor dem Hungertod zu schützen.«

Der Hausherr sagte zu ihm: »Sei nochmals willkommen, du Lastträger! Wisse, auch ich heiße Sindbad wie du, ich bin Sindbad der Seemann, und du Sindbad der Landmann. Ich heiße dich daher als meinen Bruder willkommen.« Er ließ ihm dann kostbare Speisen vorsetzen, und da er hungrig war, aß er, bis er satt war, worauf dann die Sklaven den Tisch wegtrugen.

Der Hausherr hieß ihn dann nochmals willkommen und versicherte ihn, dass ihm seine Gesellschaft sehr angenehm sei. Dann fuhr er fort: »Ich möchte nun, dass du die Verse wiederholtest, welche ich dich vorhin sprechen hörte, da ich zufällig am Fenster stand.«

Bei diesen Worten senkte Sindbad, der sich schämte, voll Verlegenheit das Haupt und sagte: »Bei Gott, Herr, nimm mir diese Worte nicht übel! Die große Müdigkeit und die Qual der Armut führt oft den Menschen zu törichten und unanständigen Reden!«

»Glaube ja nicht«, erwiderte der Hausherr, »dass ich dir darum zürne! Ich betrachte dich nun als meinen Bruder und du hast nichts von mir zu befürchten. Ich bitte dich daher, sage mir jene Verse noch einmal her.«

Der Träger trug nun noch einmal die Verse vor, und sie gefielen dem Hausherrn ungemein. Nachdem er ihm seinen Beifall und Dank ausgedruckt hatte, sagte er zu ihm: »Wisse, o Bruder, man nennt mich Sindbad den Seemann, ich will dir alles erzählen, was mir widerfahren ist, ehe ich zu diesem Hause und zu einer solchen Gesellschaft gelangte, denn erst nach schweren Verlusten, großen Mühseligkeiten und unendlichen Qualen habe ich solchen Wohlstand erreicht. Was habe ich nicht in früherer Zeit leiden müssen! Ich habe sieben Reisen gemacht, und jede bildet eine wunderbare Erzählung, die mit Gold geschrieben werden sollte, um jedermann zum Beispiel zu dienen!«

Hierauf begann er folgendermaßen: »Wisset, ihr geehrten Herren, mein Vater, der ein sehr reicher Kaufmann war, starb, als ich noch ein kleiner Junge war, und hinterließ mir ein ungeheures Vermögen an liegenden Gütern, Geld und kostbaren Waren. Ich ließ mir wohl sein und verbrachte meine Zeit mit guten Speisen und Getränken und Gesellschaften, die ich meinen guten Freunden gab, und glaubte, das würde mir von Nutzen sein, oder ewig so fortgehen. Jahre lang hatte ich so gelebt, bis ich zur Vernunft zurückkehrte und aus meinem Leichtsinn erwachte, da fand ich mein Vermögen geschwunden und meine Lage verändert. Ich war ganz betäubt und zerknirscht, als all mein Geld dahin war und ich einsah, dass ich dem Schicksal nicht entfliehen könnte. Da fielen mir die Worte ein, die ich als Kind oft von meinem Vater als einen Spruch von dem Herrn Suleimann – Friede sei mit ihm! – sagen hörte: ›Drei Dinge sind drei anderen vorzuziehen! Der Sterbetag dem Geburtstag, ein lebendiger Hund einem toten Löwen, und ein Grab dem festesten Palast!‹ Dann ging ich mit mir zu Rate, was ich tun sollte. Nach einiger Überlegung verkaufte ich, was ich an Kleidungsstücken, Gerätschaften und liegenden Gütern noch besaß. Ungefähr 3000 Dirham war der Erlös davon; mich trieb es, nun zu reisen, fremde Länder und Städte zu sehen, und ich gedachte der Verse eines Dichters, welcher sagt: ›Eine hohe Stufe wird nach dem Maße der Anstrengungen erreicht. Wer hoch steigen will, muss manche Nacht durchmachen. Wer Perlen wünscht, muss in die Tiefe des Meeres tauchen, dann erst kann er Ansehen und. Reichtum erwerben. Wer aber Hoheit und Ansehen wünscht, ohne mit Kraft danach zu streben, der verliert sein Leben in unerfüllbaren Wünschen.‹

Sindbads erste Reise

ch machte mich also auf und kaufte allerlei Waren ein. Da ich aber besondere Lust zu einer Seereise hatte, ließ ich alles auf ein Schiff laden, das nach Baßrah ging. Das Schiff war sehr groß und es waren viele Kaufleute darauf; wir reisten nun von einer Insel zur anderen, von einem Meer ins andere, von einem Ufer ans andere. Überall, wo wir ankerten, verkauften oder vertauschten wir unsere Waren. So ging es lange gut fort auf dem Meer, bis wir an eine schöne Insel kamen mit Bäumen, auf wel-

chen viele Vögel herumflogen und die Einheit Gottes verkündigten. Diese Insel war herrlich grün und schien ein Lustgarten des Paradieses zu sein. Der Kapitän des Schiffes rief seinen Leuten zu, die Segel einzuziehen und vor dieser Insel Anker zu werfen. Nun verließ alles das Schiff und lief auf die Insel; es wurden Fische bereitet, Herde aufgerichtet und Pfannen darüber gehängt und Feuer angezündet. Der eine wusch seine Kleider, der andere kochte, der dritte ging auf der Insel spazieren, um Gottes Schöpfung zu bewundern. Alle waren munter, aßen und tranken auf der Insel.

Während wir so in der größten Freude waren, schrie auf einmal der Kapitän ganz laut vom Schiffe aus uns zu: »Wehe, ihr Reisenden! Kommt schnell auf das Schiff, lasst alle eure Gerätschaften im Stiche und rettet nur schnell euer Leben vor dem Untergange, denn die Insel, auf der ihr seid, ist nichts als ein großer Fisch, der nun zu wenig Wasser hat und nicht auf dem Lande leben kann. Auch hat der Wind den Sand von ihm weggeblasen, und da er jetzt das Feuer auf seinem Rücken spürt, fängt er an, sich zu bewegen und wird nun mit euch ins Meer tauchen; kommt daher schnell aufs Schiff und rettet euer Leben.«

Aber noch ehe der Kapitän ausgeredet hatte, fing die Insel an sich zu bewegen und mitten ins stürmende Meer unterzutauchen, so dass alle, die darauf waren, untergingen. Auch ich sank in die schäumenden Wellen, aber Gott half mir durch ein großes Brett, auf dem die Reisenden gewaschen hatten. Mit leichtem Herzen bestieg ich es, und der Wind spielte mit mir mitten im Meere. Der Kapitän, der die Leute, die auf der Insel waren, untergehen sah, spannte die Segel auf und fuhr mit der Mannschaft, die bei ihm auf dem Schiffe geblieben, davon. Ich sah das Schiff von ferne,

Der Kapitän spannte die Segel auf und fuhr mit der Mannschaft davon.

konnte es aber nicht mehr einholen. Der Tag war schon vorüber, die Nacht brach herein mit ihrer Dunkelheit, und das Schiff entschwand nun ganz meinen Blicken. So blieb ich auf dem Brett die ganze Nacht hindurch.

Am anderen Morgen warf mich eine große Woge glücklicherweise auf eine Insel. Die Ufer aber waren so abschüssig, dass man nirgends hinaufsteigen konnte, und ich wäre angesichts derselben untergegangen, wenn nicht einer der Bäume, welche längs der Küste standen, seine Äste so weit erstreckt hätte, dass ich sie ergreifen konnte. Ich hing mich mit aller Kraft und Anstrengung daran fest, kletterte auf den Baum hinauf und von da herunter auf die Insel. Als ich meine Füße betrachtete, sah ich, dass die Fische das Innere meiner Zehen abgefressen hatten, ohne dass ich es vor vieler Anstrengung bemerkt hatte. Ich warf mich nun auf den Boden nieder, denn ich war von meinen vielen Leiden bewusstlos wie ein Toter. So blieb ich vom ersten Nachmittag bis zum folgenden Morgen liegen, und erwachte erst, als die Sonne sich schon über die Erde verbreitet und die Insel beschienen hatte. Ich richtete mich auf und versuchte zu gehen, was mir aber bei dem Zustande meiner Füße, die in der Nacht noch angeschwollen waren, sehr schwer wurde; dessen ungeachtet schleppte ich mich weiter, blieb dann wieder stehen und dachte über meine Lage nach, dann machte ich einige Schritte auf den Fersen, aß von Früchten dieser Insel und trank aus den Bächen. Mitten in der Insel fand ich eine frische süße Wasserquelle, und blieb hier einen Tag und eine Nacht, und der Schlaf und die Ruhe, die ich hier fand, gaben mir meine Kräfte wieder und ich konnte mich leichter bewegen; ich ging unter den Bäumen spazieren und schnitt mir einen Stock, um mich darauf zu stützen. Auf einmal leuchtete etwas von der Seite des Meeres her wie ein hoher Hügel; ich ging darauf los, mich immer an den Ästen festhaltend, und erblickte ein Pferd, welches an einen Baum gebunden war. Als es mich sah, wieherte und tobte es so heftig, dass ich erschrak.

Dann rief auf einmal eine männliche Stimme und sagte: »Wie kommst du hierher, und woher kommst du? Aus welchem Lande bist du?«

Ich sagte: »Wisse, Fragender! Ich bin ein fremder Mann, der auf einem Schiffe Schiffbruch erlitt und sich auf diese Insel rettete; nun weiß ich nicht, wohin ich mich wenden soll.«

Als der Fremde, ein kräftiger, starker Mann, mich angehört hatte, kam er zum Vorschein, ergriff meine Hand und stieg mit mir in eine Höhle hinab, in welcher sich ein schönes, großes Zimmer befand, das mit Teppichen bedeckt war. Er ließ mich an der oberen Seite dieses Zimmers niedersetzen und brachte mir einige Speisen, von denen ich aß, bis ich ganz satt war. Mein Geist erholte sich und mein Schrecken ließ nach. Als er sah, dass ich meinen Hunger gestillt und ausgeruht hatte, erkundigte er sich nach meinem Zustand und nach meinen Abenteuern. Ich erzählte ihm meine ganze Geschichte von der frühesten Zeit bis jetzt. Er hörte mit vielem Erstaunen zu, und ich sagte zu ihm: »Nimm mir nicht übel, mein Herr, da ich dir nun alles, was mich betrifft, erzählt habe, willst du mich wohl auch über deine Lage aufklären und mir sagen, wer du bist und warum du hier so abgeschlossen lebst?«

Da antwortete er: »Wisse, ich bin der Oberstallmeister des Königs Mihrdjan, und habe die Aufsicht über seine Stallknechte und andere Diener; wir erziehen ihm echte Rassepferde. Zu dieser Zeit nämlich bringen wir eine Stute von echter Rasse hierher, binden sie an den Ort, den du gesehen hast, und verbergen uns dann in dieser Höhle. Sobald es nun still ist, kommt ein Meerhengst und bespringt die angebundene Stute, welche er dann mit sich ins Meer nehmen will, weil sie aber angebunden ist und ihm nicht folgen kann, zu zerreißen sucht; sobald er aber mit dem Maul nach ihr greift, um sie umzubringen, stürzen wir bewaffnet aus der Höhle hervor, so dass er sich fürchtet, entflieht und ins Meer zurückkehrt. Die Stute trägt dann von diesem Hengste, und die Jungen werden so gute Pferde, wie man sie nur bei den Sultanen der Inseln und des Meeres trifft. Wir warten eben, dass der Hengst komme, und sind wir mit unserer Arbeit fertig, so gehen wir nach Haus und nehmen dich mit. Es ist ein Glück für dich, dass du uns hier getroffen hast; sonst hättest du niemand gefunden, der dir einen Weg gezeigt hätte, und du wärest nie mehr in ein bewohntes Land gekommen, denn du bist weit davon entfernt. Du wärest hier in Trauer gestorben, und niemand hätte etwas von deinem Tode gewusst.«

Während wir so sprachen, stieg ein Pferd aus den Meereswogen hervor wie ein reißender Löwe; es war höher und breiter als gewöhnliche Pferde und hatte stärkere Füße. Es ging auf die Stute los, belegte sie und wollte sie mitnehmen, da schrie es aber der Mann mit seinem Gefolge an, und sie stürzten mit Lanzen aus der Höhle hervor, so dass es entfloh und wie ein wütendes Kamel ins Meer zurückkehrte. Der Mann band darauf die Stute los und ließ sie eine Weile auf der Insel springen. Es kamen dann noch viele andere dazu, die auch mit Stuten auf der anderen Seite der Insel waren. Als nun alle versammelt waren, nahmen sie die Polster aus der Höhle und ließen, was noch von Lebensmitteln übrig war, zurück.

Wir gingen dann immer fort, bis wir zur Stadt des Königs Mihrdjan kamen, der sich sehr freute, als er die Pferde ankommen sah. Man erzählte ihm mein Abenteuer und stellte mich ihm vor; er hieß mich willkommen, erkundigte sich nach meinem Wohle und ich erzählte ihm alles, was mich betraf.

Der König war sehr erstaunt und sprach: »Bei Gott, du betrittst nun ein neues Leben; gelobt sei Gott, der dich gerettet hat!«

Er schenkte mir Kleider, zog mich in seine Nähe und seine Großmut ging so weit, dass er mich zum Aufseher über die Küsten des Meeres machte. Lange genoss ich seine Freigebigkeit, wofür ich ihm seine Geschäfte besorgte, bei denen ich auch meinen eigenen Vorteil fand. Sooft Kaufleute oder andere Reisende uns besuchten, erkundigte ich mich nach Bagdad, denn ich hoffte immer, jemand zu finden, der dahin reisen würde; aber niemand war je dort gewesen, niemand wusste was von Bagdad. Mir ward nun bald unheimlich in der Fremde, nach einer so langen Entfernung vom Vaterlande und von meinen Leuten.

Einst kam ich zum König und grüßte ihn, da fand ich indische Kaufleute bei ihm; wir grüßten uns gegenseitig, sie fragten mich nach meinem Lande und erzählten mir dafür von Indien und wie seine Einwohner in verschiedene Stämme eingeteilt wären. Unter diesen seien die Schakirijeh die vornehmsten, weil sie nie ein Unrecht begehen, noch jemand beneiden, denn das Völkchen der Brahmanen, das nie Wein trinkt, aber doch immer munter und heiter in Scherz und Freude lebt. In ihrem Lande gibt es Pferde, Kamele und Rindvieh. Sie sagten mir auch, dass die Inder sich in zweiundvierzig Sekten teilen.

Ferner sah ich im Reiche des Königs Mihrdjan eine Insel, Kasel genannt, in der man Tag und Nacht Tamburin und andere Instrumente spielen hört; die Seeleute sagten mir, die Einwohner seien recht wackere und verständige Leute. Auch sah ich in jenem Meere zwei Fische, einen zweihundert Ellen lang, und einen anderen, hundert Ellen lang, deren Kopf dem einer Nachteule glich. Überhaupt begegnete mir auf dieser Reise so viel Wunderbares, dass ich gar nicht alles beschreiben kann. Nachdem ich einige Zeit in diesem Königreiche zugebracht hatte, ging ich einst nach meiner Gewohnheit ans Meeresufer; da landete ein Schiff, sehr reich beladen. Ich blieb stehen, bis die ganze Ladung ausgeschifft war, um sie aufzunehmen.

Da kam der Kapitän des Schiffes zu mir und sagte: »Herr! Wir haben noch Waren auf dem Schiff, deren Eigentümer wir auf einer Insel verloren haben, wir wissen nicht, ob er noch am Leben, oder ob er umgekommen ist!«

Ich fragte ihn nach dessen Namen und er sagte: »Sein Name steht auf seiner Ladung, er heißt Sindbad der Seemann, und war von Bagdad aus auf unser Schiff gekommen.« Der Kapitän erzählte mir dann alles, was vorgefallen, »und«, setzte er hinzu, »wir haben ihn nicht mehr gesehen. Wir wollen daher seine Ladung verkaufen, ihren Wert aufnehmen und das Geld seiner Familie bringen.«

Nun erhob ich meine Stimme und sagte dem Kapitän: »Ich bin Sindbad der Seemann, den du aus deinem Schiff auf jene Insel ausgeschifft, und dieser und jener war mit uns; als der Fisch sich zu bewegen anfing, riefst du den Reisenden zu, sich zu retten; einige stiegen schnell aufs Schiff, andere blieben zurück, zu diesen gehörte auch ich«, und so erzählte ich ihm alles, was mir widerfahren, von Anfang bis zu Ende.

Er sagte: »Gelobt sei Gott für deine Rettung.«

Der Kapitän neigte jedoch nachdenkend seinen Kopf und schwieg, dann sagte er: »Es gibt keinen Schutz und keine Macht, außer bei Gott, dem Erhabenen. Es ist keine Redlichkeit und kein Glauben mehr unter den Menschen.«

Ich fragte ihn, warum er dies sage? und er antwortete: »Weil du mich den Namen Sindbads nennen hörtest, und ich dir schon seine ganze Geschichte erzählt habe, gibst du dich für ihn aus, um dich dieser Ladung zu bemächtigen. Bei Gott! Das ist eine Sünde; denn ich und alle, die mit auf dem Schiff waren, sahen ihn mit eigenen Augen ertrinken.«

Ich sagte ihm: »O Kapitän! höre meine Erzählung und merke wohl auf! denn Lüge ist nur Sache der Heuchler, ich habe dir ja schon alles erzählt, wie es mir gegangen und wie ich gerettet worden bin.«

Ich erinnerte ihn dann noch an das, was zwischen mir und ihm auf dem Schiffe vorgefallen war, ehe wir zur Insel kamen, und an verschiedene Zeichen zwischen uns, von dem Tage an, wo wir von Baßrah abreisten. Als er von mir diese Zeichen vernahm und meine Sache ihm klar ward und er sich unsrer Gespräche erinnerte, überzeugte er sich, dass ich wirklich Sindbad sei, und benachrichtigte davon alle, die auf dem Schiffe waren; sie versammelten sich um mich, grüßten mich, erkannten mich und glaubten mir, so dass nun auch der Kapitän von meiner Aufrichtigkeit überzeugt ward. Ich erzählte den Kaufleuten alles, was ich gelitten und gesehen, und wie ich gerettet worden, und sie waren sehr erstaunt darüber. Der Kapitän übergab mir dann alles, was mir gehörte. Ich öffnete sogleich einen Ballen, nahm einiges Kostbare heraus, schenkte es dem König Mihrdjan und sagte ihm, dass dieser Kapitän der Herr des Schiffes sei, auf dem ich war, und dass meine sämtlichen Waren angelangt seien, worauf er mich sehr ehrte und mir viele Geschenke machte. Ich verkaufte dann meine Ladung und gewann sehr viel daran; dann kaufte ich andere Waren von dieser Stadt, packte sie ein und brachte sie aufs Schiff. Nachdem ich vom König Mihrdjan, der mir noch viele Geschenke machte, Abschied genommen hatte, reisten wir mit Erlaubnis des erhabenen Gottes ab. Die Bestimmung begünstigte uns mit einem guten Wind, und wir reisten glücklich Tag und Nacht, von Insel zu Insel und von Meer zu Meer, bis wir in Baßrah ankamen. Freudig über unser Wohl gingen wir in die Stadt, und nach einem kurzen Aufenthalt daselbst reisten wir nach Bagdad. Ich begab mich mit den vielen Waren, die ich mitgebracht, in mein Stadtviertel, grüßte meine Nachbarn und Freunde, kaufte mein Haus wieder und bewohnte es mit allen meinen Verwandten, die sich sehr über mein Glück freuten. Dann kaufte ich viele Sklavinnen und Sklaven, Häuser und Güter, schöner als die früheren waren, die ich hatte verkaufen müssen. Ich schaffte mir alles wieder neu an, was ich früher vergeudet. Alle meine Leiden vergaß ich in kurzer Zeit, und lebte wieder ganz in der schönsten Freude, in angenehmer Gesellschaft, bei gutem Essen und Trinken. Das ist es, was meine erste Reise betrifft.

»Doch die Nacht umgibt uns schon; du hast uns durch deinen Besuch viel Freude gemacht: bleibe daher noch bei uns zum Nachtessen. Komme dann morgen wieder, damit ich dir mit Gottes Segen erzählen kann, was mir auf der zweiten Reise begegnet ist.«

Als das Nachtessen vorüber war, ließ Sindbad dem Lastträger hundert Dinare auszahlen. Derselbe nahm sie an und ging mit seiner Last seines Weges, ganz erstaunt über das, was er gehört hatte; ebenso alle anwesenden Freunde Sindbads.

Der Lastträger konnte kaum den Tag erwarten, als er aufstand, sich wusch, sein Morgengebet verrichtete und zu Sindbad dem Seefahrer ging. Er wünschte ihm guten Morgen, küsste die Erde zu seinen Füßen und dankte ihm für seine Wohltaten. Drauf, da die übrigen Freunde auch schon da waren, bildeten sie einen Kreis um ihn, wie am ersten Tage. Sindbad der Seefahrer hieß den Lastträger willkommen und sagte zu ihm: »Deine Gesellschaft ist uns sehr angenehm.« Hierauf hieß er sie sich zum Tische, der mit den köstlichsten Speisen bedeckt war, setzen, und sie ließen sich es wohl schmecken; dann wurde der Weintisch gebracht, auf welchem es an auserlesenen frischen und trockenen Früchten, Leckerbissen, Wohlgerüchen von Blumen und allerlei Sorbetten, nicht fehlte.

Als sie sich satt gegessen und getrunken hatten, sprach der Seefahrer zu dem Lastträger: »Höre mir, Bruder! aufmerksam zu, was ich von den Abenteuern meiner zweiten Reise erzählen werde: sie sind weit merkwürdiger als die der ersten und ich habe noch Härteres auf derselben gelitten.« Er begann hierauf wie folgt:

Sindbads zweite Reise

ch war nach meiner ersten Reise, wie ich gestern erzählt habe, wieder zu meinem früheren Wohlleben in Gesellschaft von Freunden zurückgekehrt. Diese Lebensweise dauerte eine Weile. Eines Tages, als ich sehr vergnügt war, ergriff mich die Lust zu reisen und zu handeln wieder. Ich kaufte Waren, die sich zu einer Seereise eigneten, und schiffte mich auf einem guten Schiffe mit anderen Handelsleuten ein. Nachdem wir uns den Segen Gottes erfleht hatten, lichteten wir die Anker

und gingen unter Segel. Wir fuhren von Insel zu Insel, von Land zu Land, von Stadt zu Stadt, sahen uns alles an und machten vorteilhafte Tauschgeschäfte.

Eines Tages warf uns das Geschick, nach Gottes Willen, auf eine Insel, die reich an verschiedenen Fruchtgattungen, Blumen und Vögeln, aber so verlassen war, dass wir weder eine Wohnung, noch überhaupt ein menschliches Wesen entdecken konnten. Der Kapitän ankerte vor dieser Insel, die Reisenden stiegen aus und ergötzten sich an diesen Bäumen, Bächen und Vögeln, und bewunderten die Schöpfung Gottes. Auch ich verließ das Schiff, setzte mich an einer sprudelnden Quelle nieder und ließ mir von einem Sklaven kostbare Speisen auftragen. Nachdem ich gegessen und getrunken hatte, schickte ich den Diener wieder mit dem Tische aufs Schiff zurück, ich aber erquickte mich an der klaren Luft, die mich umwehte, und schlief ein. Als ich erwachte, sah ich das Schiff nicht mehr, und fand mich ganz allein, das Schiff war abgesegelt und niemand hatte an mich gedacht. Da überfiel mich so großer Kummer und Ärger, dass mir fast die Galle zersprang, denn ich hatte keinerlei Lebensmittel, noch sonst was bei mir, war innerlich und äußerlich erschöpft und verzweifelte am Leben. Ich gab mich allerlei Gedanken hin, seufzte und jammerte, schalt mich selbst, dass ich eine zweite Reise unternommen, da ich doch zu Hause mit meiner Familie bei größtem Überflusse an Speisen, Getränken und Kleidung, in Ruhe hätte leben können. Ich bereute es, Bagdad verlassen und mich nochmals auf die See begeben zu haben, nachdem ich das erstemal schon so viel gelitten, und sogar ohne Gottes besondere Gnade umgekommen wäre. Ich geriet fast von Sinnen.

Zuletzt ergab ich mich in den Willen Gottes, ging eine Weile gedankenlos umher, dann stieg ich auf einen hohen Baum, um von da aus nach allen Seiten zu spähen, ob ich einen Menschen entdecke. Meine Blicke schweiften über die Meeresfläche hin, konnten jedoch nichts als Himmel und Wasser entdecken.

Endlich erblickte ich auf der Insel etwas Weißes. Ich stieg vom Baum und wendete mich nach der Seite, wo ich den Gegenstand meiner Aufmerksamkeit wahrgenommen hatte. Schon in einiger Entfernung bemerkte ich, dass es eine außerordentlich große weiße Kugel war. Näher gekommen, berührte ich sie und fand, dass sie zarter als Seide war. Ich ging um dieselbe herum, um nach einer Öffnung zu sehen, ohne dass ich jedoch eine entdecken konnte; ich hielt es auch für unmöglich, hinaufzusteigen, da sie sehr glatt war. Sie konnte fünfzig Schritte im Umfange haben. Als die Sonne sich zum Untergang neigte, verfinsterte sich auf einmal die Luft, wie wenn sie von einer dunklen Wolke bedeckt gewesen wäre. Großes Erstaunen über diese Erscheinung befiel mich, denn wir waren im Sommer, ich entdeckte aber, dass sie von einem Vogel von außerordentlicher Größe herrührte. Es fiel mir ein, dass mir die Matrosen oft von einem Vogel, den sie Rock nannten, erzählt hatten, und dass die große Kugel, die mich in ein solches Erstaunen versetzt hatte, ein Ei dieses Vogels sein müsse. In der Tat, er schlug sein Gefieder auseinander und ließ sich darauf nieder, gleichsam um es auszubrüten.

Als der Vogel auf dem Ei saß und seine Füße ausstreckte, erhob ich mich, band mich daran fest mit der Binde meines Turbans, denn ich dachte bei mir: morgen wird der Vogel seinen Flug fortsetzen und könnte dich auf diese Weise von dieser verlassenen Insel auf bewohntes Land bringen, dann machst du die Binde wieder los, brachst nicht mehr auf Inseln umherzuziehen und bist vor wilden Tieren sicher. So brachte ich die Nacht wachend zu. Am folgenden Morgen flog er, sobald der Tag anbrach, davon und trug mich tief in die Wolken hinein, dass ich nichts mehr unter mir sah; er schien das Gewicht, das an einem seiner Füße hing, durchaus nicht mehr zu spüren, als wenn eine Feder an seinen Krallen hinge; darauf stieg er aus der schreckhaften Höhe wieder herab mit einer Schnelligkeit, die mir die Besinnung raubte. Als er wieder mit mir Boden gefaßt hatte, band ich schnell die Binde los, die mich an ihn gefesselt hatte. Kaum war mir dies jedoch gelungen, als er mit dem Schnabel eine Schlange von unerhörter Größe erfasste und mit ihr davonflog. Hierüber war ich sehr erstaunt und verlor meinen Mut. Nachdem ich mich wieder etwas gefaßt hatte, stellte ich Betrachtungen über meine Lage an. Der Ort, wo ich mich befand, war ein großer Hügel, unter mir war ein großes, weites Tal, von allen Seiten mit Bergen umgeben, deren Spitzen sich in den Wolken verloren, so dass kein Auge sie sehen konnte, noch jemand imstande war, sie zu ersteigen. Ich machte mir Vorwürfe über das, was ich getan und sagte: es gibt keinen Schutz und keine Macht, außer bei Gott, dem Erhabenen! Sowie ich einer Gefahr entgehe, gerate ich in eine andere.

Während ich im Tal umherging, entdeckte ich, dass dessen Boden aus Diamant bestand. Es ist ein sehr harter, fester Stein, den man weder mit Eisen, noch mit Stahl brechen kann, und der zum Zerschneiden von Porzellan und Perlen und Mineralien gekauft wird. In dem Tal gibt es auch eine große Anzahl Schlangen, so lang und dick, wie ein großer Dattelbaum, so dass jede von ihnen einen Elefanten hätte verschlingen können. Während des Tages zogen sie sich in ihre Höhlen, aus Furcht vor dem Vogel Rock, zurück und kamen erst des Nachts zum Vorschein.

Ich ging im Tal umher, bis ich eine große Höhle erblickte, ich ging auf sie zu und trat hinein. Den Eingang, der nieder und eng war, verstopfte ich mit einem großen Stein. Als ich mich aber in der Höhle umsah, entdeckte ich eine große Schlange, welche auf Eiern von der Größe eines Elefanten lag. Ich konnte die ganze Nacht vor Furcht nicht schlafen, denn ich erblickte bald noch andere von gleicher Art. Doch nahm ich mich zusammen und hielt mich wach, bis der Tag anbrach und einen Schein in die Höhle warf, da schob ich den Stein von der Höhle weg, ging heraus, und wandelte, vom langen Wachen und von Furcht wie eine Leiche aussehend, im Tal umher. Auf einmal fiel ein geschlachtetes Tier vom Berge herab. Als ich dies sah, fiel mir ein, was mir früher ein Kaufmann erzählt hatte: Es gibt einen Berg von Diamantstein, der aber so hoch ist, dass ihn niemand besteigen kann, die Kaufleute gebrauchen aber eine List, um sich Diamantsteine zu verschaffen. Sie schlachten ein Lamm, ziehen ihm die Haut ab und werfen das Fleisch in das Tal, so dass Steine an dem frischen Fleisch hängen bleiben. Wenn dann die Adler dieses Fleisch nehmen und damit auf die Höhe fliegen, so gehen die Landsleute auf die Adler los und zwingen sie durch starkes Geschrei, davonzufliegen und das Fleisch im Stich zu lassen, worauf die Kaufleute die Diamanten von den Fleischstücken lösen und mitnehmen, und das Fleisch den Raubtieren überlassen. Sie bedienen sich dieser List, weil es kein anderes Mittel gibt, um Diamanten und Magnetsteine zu gewinnen.

Ich fing an, viele Diamanten zu sammeln und einzustecken. Ich nahm also das Stück Fleisch und band es mit dem

Bald kam ein Adler und fasste mit seinen Krallen dasjenige Stück und trug es auf den Gipfel des Berges.

Tuch meines Turbans an meine Brust fest. Bald kam ein Adler und fasste mit seinen Krallen dasjenige Stück, in das ich mich hineingebunden hatte, und trug es auf den Gipfel des Berges und wollte es verzehren, aber die Handelsleute, die in der Nähe waren, schrieen laut und machten großen Lärm mit Brettern, um den Adler von seiner Beute zu verscheuchen, was ihnen auch gelang. Ich aber machte mich, sobald der Adler das Lamm verlassen hatte, los und blieb daneben stehen. Einer derselben näherte sich hierauf und suchte nach Steinen an dem Tiere, und als ein keine fand, schrie er: Wehe! Wehe! Alle meine Mühe war vergebens, meine Reise bringt mir keinen Vorteil. Als er dann seinen Blick auf mich warf, erschrak er. Ich sagte: »Fürchte nichts, mein Bruder, ich bin ein Mensch wie du, ich bin auf wunderbare Weise hierher gekommen. Auch sollst du keinen Schaden haben, ich besitze viele Diamantsteine und gebe dir mehr, als du an diesem Tiere gefunden hättest, dem ich meine Rettung verdanke, da ich mit demselben auf diesen Berg gekommen bin, sei nur ohne Sorge!«

Ich hatte nicht sobald geendigt, als die anderen Handelsleute, die mich bemerkt hatten, sich um mich versammelten und ihr Erstaunen, mich zu sehen, ausdrückten, das ich noch durch Erzählung meiner Geschichte vermehrte. Sie sagten mir, dass ein jeder von ihnen ein solches geschlachtetes Tier ins Tal werfe, und zeigten mir die Diamanten, die jeder gewonnen hatte. Da zog ich eine Handvoll aus meiner Tasche und gab sie dem Kaufmann, mit dessen Lamm ich auf den Berg gekommen war, und da es mehr war, als er gefunden hätte, freute er sich sehr und dankte mir. Die übrigen Diamanten verkaufte ich den Kaufleuten, und ließ mir einen Beutel geben und legte das übrige Geld in einen Gurt, den ich bei mir trug. Ich reiste dann mit ihnen von Land zu Land und von Stadt zu Stadt, machte überall Geschäfte, bis wir glücklich in Baßrah anlangten.

Unter vielen Inseln, die wir durchwanderten, war auch eine, auf welcher der Kampferbaum wächst, der so dick und laubig ist, dass hundert Menschen in seinem Schatten Platz haben. Die Flüssigkeit, die den Kampfer gibt, fließt aus einer Öffnung, die man mit einer langen Lanze oben am Baum macht. Dieselbe sieht wie Milch aus, verdichtet sich wie Gummi und bildet den Saft des Baumes; nachdem die Flüssigkeit ausgelassen, dörrt der Baum und stirbt ab.

Auf der nämlichen Insel gibt es Rhinozeros, Tiere, größer und stärker als der Elefant, sie weiden wie Büffel, deren es viele Sorten auf dieser Insel gibt, und wie Stiere bei uns frei umher; sie tragen ein zehn Ellen langes starkes Horn, so dick wie ein Dattelbaum. Man sieht darauf Umrisse, die einen Menschen vorstellen. Das Rhinozeros schlägt sich, wie mir ein Reisender erzählt hat, mit dem Elefanten, durchbohrt ihm den Leib mit seinem Horn und trägt ihn auf seinem Kopfe, ohne eine Last zu spüren, umher, bis er tot ist; bald jedoch fließt im Sommer bei der Hitze das Fett des Elefanten über seine Augen und macht sie blind. Darauf kommt der Vogel Rock, umfasst sie beide mit seinen Krallen, um sie in sein Nest zu tragen und seine Jungen damit zu füttern. Ich habe auf jener Insel noch andere Merkwürdigkeiten und Wunderdinge gesehen. Als wir nach Baßrah kamen, hielten wir uns einige Tage auf, dann reisten wir nach Bagdad. Meine Familie freute sich über meine glückliche Ankunft und meine Freunde beglückwünschten mich und ich machte ihnen sowohl als meinen Nachbarn viele Geschenke, setzte wieder mein Handelsgeschäft fort mit allerlei Waren und Edelsteinen, derer ich mehr als früher besaß, schaffte mir schöne Diener an und ließ es wohl sein bei gutem Essen, Trinken und allerlei Zerstreuungen. Ich ward wegen meiner Abenteuer bewundert und von jedem, der eine große Reise unternehmen wollte, zu Rat gezogen.

Hiermit schloss Sindbad die Erzählung seiner zweiten Reise. Er gab noch hundert Zechinen dem Lastträger und lud ihn auf den folgenden Tag ein, die Erzählung der dritten Reise zu hören.

Der Lastträger ging nach Hause und kam den darauffolgenden Tag wieder. Man setzte sich zu Tische. Sindbad fuhr, nach genommener Mahlzeit, folgendermaßen fort:

Sindbads dritte Reise

eine Freunde, wisset! Nachdem ich, wie ich euch gestern erzählt habe, einige Zeit in Bagdad mich dem Wohlleben hingegeben hatte, kam mir wieder die Lust zu Reisen und zu Erwerb, denn der Mensch sehnt sich immer nach etwas, ich packte daher viele Waren für eine Seereise zusammen, vergaß meine früheren Leiden, reiste nach Baßrah, und ging am Ufer des Meeres umher. Da sah ich ein großes Schiff, auf welchem angesehene, rechtschaffene und fromme Kaufleute sich befanden, ich

ließ meine sämtlichen Waren auf das Schiff bringen und die Kaufleute freuten sich mit meiner Gesellschaft. Wir reisten mit Gottes Segen ohne Unfall und machten großen Gewinn. Eines Tages, als wir ganz vergnügt auf wogendem Meere waren, stieß der Kapitän ein Jammergeschrei aus, schlug sich ins Gesicht, riss sich die Haare vom Barte aus und zerriss seine Kleider. Dann rief er laut: »O ihr Kaufleute! Wir sind alle verloren.«

Als wir fragten, was es gebe, sagte er: »Wisset, dass die heftigen Stürme uns vom Wege abgeführt haben und unser Mißgeschick hat uns an die Affeninsel gebracht, auf welcher Affen wie Heuschrecken umherspringen. Noch ist kein Mensch auf diese Insel gekommen, der nicht seinen Tod gefunden hätte.«

Der Kapitän warf die Anker aus und ließ die Segel einziehen, aber alsbald kamen die Affen von der Insel her auf uns zu, stiegen von allen Seiten her auf das Schiff in so großer Zahl, dass wir sie weder töten noch fortjagen konnten. Bald bissen sie auch mit ihren Zähnen das Ankertau und die Segelstricke durch, zogen das Schiff ans Land, ließen uns aussteigen und verschwanden mit dem Schiffe samt allem, was darauf war. Diese Affen hatten gelbe Augen, schwarze Gesichter und klebrige Haare. Wir gingen, ohne zu wissen, was aus uns werden sollte, auf der Insel umher und nährten uns von Pflanzen. Da leuchtete uns eine Wohnung mitten in der Insel entgegen und als wir uns näherten, bemerkten wir ein großes, wohlgebautes, hohes Schloss, mit einem großen Tore und zwei Flügeln von Ebenholz. Wir traten hinein und befanden uns in einem großen Hofe, in welchem viele Gebeine umherlagen und viel grünes und trockenes Holz aufgespeichert war. Wir wunderten uns sehr darüber, blieben jedoch, da wir sehr müde und niedergeschlagen waren, im Schloss, in welchem wir keinen Menschen sahen.

Während wir in diesem Zustande der Verzweiflung waren, bebte auf einmal die Erde mit uns und mit einem Geräusch, ähnlich dem Brausen des Sturmwindes, trat eine schwarze Menschengestalt, groß wie ein Palmbaum, zu uns heran. Sie hatte rote Augen, ein schwarzes Gesicht, weite Nasenlöcher und einen großen Mund. Sie setzte sich auf eine Bank und ruhte ein wenig aus, dann heftete sie ihre Augen auf uns und trat uns näher. Beim Anblick dieses Riesen bebten und zitterten wir vor Angst. Er fasste mich dann, setzte mich auf seine Hand wie einen Sperling, drehte mich herum und befühlte mich, wie es ein Metzger mit einem Schlachttiere tut und stellte mich dann auf die Seite, fern von meinen Reisegefährten. Er verfuhr dann mit diesen in gleicher Weise, bis er an den Kapitän kam, welcher der Fetteste von uns war. Diesen packte er am Nacken, warf ihn aufs Gesicht, setzte seinen Fuß auf das Genick und zerbrach es. Hierauf holte er viel Holz herbei und zündete ein Feuer an, und als das Holz zu Kohlen ward, nahm er einen großen Bratspieß, durchbohrte damit den Kapitän, hob ihn über die Kohlen, drehte ihn rechts und links über denselben, bis er gebraten war, legte den Leichnam vor sich hin, bis er kalt war, darauf riss er mit den Nägeln von ihm herunter, aß davon, bis er satt war und warf die abgenagten Beine auf die Seite. Dann kehrte er nach seinem Platz zurück, legte sich auf die Bank und schnarchte wie ein Tier, das man schlachtet. Wir aber blieben voneinander getrennt stehen und wagten es nicht, aus Furcht, uns wieder zu vereinigen, bis Gott den Morgen leuchten ließ und der Riese seines Weges ging, ohne dass wir wussten wohin, dann traten wir wieder zusammen und bedauerten den Kapitän und dachten: morgen wird es einem anderen von uns ebenso ergehen, und wir werden alle hinsterben, ohne dass jemand etwas von uns wisse. Wir beschlossen, auf der Insel ein Versteck zu suchen, oder zu entfliehen. Wir fanden aber keinen sicheren Ort, wir kehrten daher, nachdem wir einige Pflanzen als Nahrung zu uns genommen, wieder in das Schloss zurück und setzten uns auf unseren früheren Platz.

Kaum saßen wir, so erbebte die Erde, der Riese erschien, trat auf uns zu, nachdem er ein wenig auf der Bank ausgeruht hatte, drehte uns einen nach dem anderen herum, ergriff dann einen von uns und verfuhr mit ihm wie mit dem ersten. Nachdem er ihn gebraten und verzehrt hatte, legte er sich wieder auf die Bank und schnarchte, wie wenn ein Sturmwind brauste, die ganze Nacht durch, wir aber konnten vor Furcht nicht schlafen. Als der Tag leuchtete, verließ er uns, wir traten dann zusammen, klagten über unsere Lage und dachten: bei Gott, besser ertrinken als gebraten werden.

Da sagte einer von uns: »Meine Freunde, lasst uns eine List ersinnen, diesen Verruchten zu töten und uns und allen Gläubigen Ruhe zu schaffen.«

Die übrigen Kaufleute stimmten mit diesem Vorschlag überein, ich aber sagte: »Guter Rat ist noch besser als Totschlagen, wollt ihr durchaus töten, so lasset uns vorher von diesem Holz ein Floß bauen, das wir am Ufer bereithalten. Gelingt es uns, den Riesen zu töten, so mag daraus werden, was Gott will, wenn nicht, so steigen wir auf das Floß und rudern in die hohe See und vertrauen auf Gott. Werden wir gerettet, nun gut, ertrinken wir, so sterben wir als Märtyrer und werden doch nicht getötet und verbrannt.«

Mein Rat wurde gutgeheißen, wir trugen alsbald Holz nach dem Ufer, nahmen Stricke, die um das Schloss herum

Er nahm einen großen Bratspieß, durchbohrte damit den Kapitän, hob ihn über die Kohlen.

lagen und allerlei Fetzen, die wir zusammenflochten und banden damit das Floß fest, das wir am Ufer befestigten. Hierauf kehrten wir in das Schloss zurück und kaum hatten wir unseren früheren Platz wieder eingenommen, so bebte die Erde und jenes Ungeheuer kam wieder mit einem Getöse wie ein Sturmwind, fasste einen von uns und verfuhr mit ihm wie mit dem ersten. Als er ihn gebraten und verzehrt hatte, schlief er wie gewöhnlich wieder ein. Da nahmen wir den eisernen Spieß, an dem er die Menschen gebraten hatte, legten ihn auf die Kohlen, trugen noch mehr Holz hinzu und legten einen zweiten Spieß daneben. Als sie rot wie feurige Kohlen waren, gingen wir damit auf den verruchten Schwarzen zu, der wie der Donner schnarchte und bohrten die Spieße in seine Augen. Er stieß einen fürchterlichen Schrei aus, erhob sich von der Bank und ging im Hofe umher, nach uns greifend, wir verbargen uns aber, doch überfiel uns große Angst und wir sahen schon den Tod vor Augen. Indessen hatte er das Gesicht verloren und er ging unter grässlichem Geheul und Gestampf zur Türe hinaus, so dass die Erde unter uns bebte. Wir verließen das Schloss und begaben uns an das Ufer der Insel, wo wir unsere Flöße stehen hatten und wir sagten zu einander: wenn der Verruchte bis nach Sonnenuntergang ausbleibt, so dürfen wir annehmen, dass er umgekommen ist, kehrt er aber wieder ins Schloss, so müssen wir uns auf die Flöße begeben und fortrudern und uns in den Willen Gottes ergeben. Während wir uns so besprachen, kam der Schwarze mit zwei anderen, die noch stärker und gräulicher waren als er und wie Werwölfe aussahen, mit Augen wie glühende Kohlen. Als wir ihn so, auf die Schultern seiner beiden Gefährten gestützt, dem Schloss zugehen sahen, begaben wir uns auf unsere Flöße, die wir so schnell als möglich vom Ufer wegzurudern suchten. Die Riesen bemerkten dies zeitig, bewaffneten sich mit großen Steinen, liefen auf das Ufer zu und warfen uns die Steine nach, von denen uns viele trafen und töteten, während andere ins Meer fielen. Da ich und meine Kameraden mit allen Kräften ruderten, so befanden wir uns bald auf der hohen See und wurden ein Spiel der Winde und Wellen, die uns hin und her warfen, wir waren nur noch unsrer drei, die übrigen waren umgekommen und wurden, wie sie tot waren, von uns ins Meer geworfen.

Trotz aller Hungerqual hörten wir doch nicht auf, mit aller Kraft zu rudern und uns gegenseitig zu ermutigen, bis wir vom Winde gegen eine Insel getrieben wurden, auf welcher wir Bäche, Bäume und Vögel fanden. Da wir vor Ermüdung, Hunger und Furcht wie Leichen waren, freuten wir uns über unsere Rettung und stärkten uns an den Früchten dieser Insel. Als der Abend nahte, legten wir uns nieder und schliefen ein. Auf einmal wurden wir von einem Geräusch, ähnlich dem eines Sturmwindes, geweckt und groß war unsere Furcht, als wir uns von einer mächtigen großen Schlange umzingelt sahen. Sie fuhr auf einen meiner Kameraden los und würgte ihn hinunter; man sah nur noch seine Schultern und seinen Kopf aus ihrem Rachen hervorstehen; er schrie laut und die Schlange machte eine schnelle Bewegung, indem sie sich zusammen und gleich darauf wieder auseinander rollte. Wir hörten seine Gebeine krachen und verschlungen war der ganze Mann! Darauf ging die Schlange wieder ihres Weges. Wir beiden übrigen fürchteten, die Schlange möchte auch bald in ähnlicher Weise mit uns verfahren und wir sagten: »Es gibt keinen Schutz und keine Macht außer bei Gott, dem Erhabenen. Schon fühlten wir uns glücklich, der Grausamkeit der Riesen und der Wut der Wellen entgangen zu sein; und jetzt befinden wir uns in Lagen, die noch schrecklicher sind.«

Wir gingen auf der Insel umher, um eine Zuflucht zu suchen, fanden aber keine, wir aßen von den Früchten, die darauf wuchsen, mit der schrecklichen Vermutung, dass einer von uns von der Schlange noch diesen Abend aufgefressen werde. Endlich bemerkten wir einen hohen Baum, auf den wir stiegen, um uns die Nacht über in Sicherheit zu bringen. Gleich darauf nahte sich die Schlange dem Baum, auf dem wir waren. Sie legte sich an dessen Stamm und erreichte meinen Kameraden und würgte ihn hinunter, ich stieg auf die obersten Zweige und dachte, wenn ich herunterstürze und umkomme, so habe ich doch Ruhe vor dieser Angst vor dem Hunger und den Strapazen in der Fremde. Indessen ging die Schlange, nachdem sie meinen Gefährten am Baum zermalmt hatte, wieder ihres Weges, und ich brachte die Nacht allein auf dem Baum zu, erschüttert von dem, was ich gesehen, und entschlossen, mich vom Baum herunterzustürzen, falls die Schlange wiederkehren sollte, denn ich dachte lieber so sterben, als von der Schlange verschlungen zu werden.

Am folgenden Morgen wollte ich mich ins Meer werfen, aber mein Innerstes sträubte sich dagegen, denn der Mensch hängt doch am Leben. Ich machte mich daher auf, suchte verschiedenes Holz und trockenes Gesträuch zusammen, aus dem ich Stricke flocht, ich umgab mich dann von allen Seiten mit festgebundenen Brettern und Scheitern, so dass ich wie in einer Kiste lag und die Schlange mich nicht erreichen konnte. Die Schlange kam des Abends und schlich um mich herum. Sie konnte meiner jedoch nicht habhaft werden wegen des Walls, der mir zum Schutze diente, und trieb es so bis zum Tage, indem sie unter fortwährendem Gezische sich bald näherte, bald wieder entfernte; ich sah alles und war dem Tode nahe vor Furcht.

Als der Tag nahte, zog sie sich zurück; ich machte mich alsbald von dem Holze los, lief auf der Insel umher, aß einige Früchte und gelangte auf einen Hügel, von welchem ich ein Schiff mitten in den Meereswellen erblickte. Ich rief aus voller Kehle demselben entgegen, winkte mit dem Zweige eines Baumes und ward sogleich von der Schiffsmannschaft gesehen.

Das Schiff näherte sich dem Ufer und die Leute fragten mich, wer ich sei. Ich antwortete: »Ich bin ein Mensch, nehmt mich auf, ich will euch erzählen, wie ich hierhergekommen.«

Sie nahmen mich auf, brachten mir einigen Proviant und als ich mich gestärkt hatte, erzählte ich ihnen meine ganze Leidensgeschichte von meiner Abreise aus der Heimat an bis zum Augenblick, wo ich aufs Schiff kam, und sie waren sehr erstaunt über meine Abenteuer! Sie zogen mir dann meine zerfetzten und übelriechenden Kleider aus, warfen sie in das Meer, brachten mir andere, reine Kleider, sowie auch verschiedene Lebensmittel und frisches Wasser. So ward ich wieder neu belebt, nachdem ich schon der Verzweiflung preisgegeben war, und ich wähnte mich im Traume, als ich, nach so schweren Leiden, mich wieder in solchem Wohlbehagen sah.

Wir hielten eine Zeitlang das Meer bei günstigem Winde und landeten endlich bei Kalaset, woher man das Sandelholz bezieht und gingen im Hafen dieser Insel vor Anker. Meine Reisegefährten und sämtliche Handelsleute fingen an, ihre Waren ausschiffen zu lassen, um sie zu verkaufen, oder um Tauschhandel zu treiben. Unterdessen rief mir der Schiffskapitän und sprach zu mir: »Höre, mein Herr! du bist fremd und arm, und hast uns erzählt, was du gelitten, darum will ich dir Gutes zuwenden und um Gottes Willen Nutzen verschaffen.«

Als ich hierauf antwortete, ich sei allerdings in größter Dürftigkeit, er möge tun, was ihm gut dünke, fuhr er fort: »Wisse! auf dem Schiffe befinden sich Waren, die einem Handelsmanne von Bagdad gehörten, der mehrere Jahre mit uns gereist ist, und den wir dann verloren haben. Wir wollen seine Waren verkaufen, das Geld dafür nehmen und es nach Rückkunft seinen Erben zustellen, sowie sie sich als solche ausweisen werden. Du aber sollst sie verkaufen und einen entsprechenden Lohn dafür in Empfang nehmen, wovon du auf der Reise leben kannst.«

Ich dankte Gott, sprach kein Wort, und nahm mich zusammen bis alle Waren ausgeladen waren, und die Kaufleute sich miteinander unterhielten; da wendete ich mich zum Kapitän und bat ihn, mir näheres über den Eigentümer dieser Waren zu berichten, und als er erzählte, wie sie ihn auf einer Insel zurückgelassen, weil sie ihn ganz vergessen hatten und dabei auch meinen Namen nannte, war meine Freude grenzenlos und ich rief laut: »O Kapitän, o ihr Kaufleute! bei Gott, ich bin Sindbad der Seefahrer, die Waren gehören mir, alle Kaufleute werden es bezeugen.«

Da sagte der Kapitän: »Wie magst du dies behaupten?« und er wollte nichts von allem glauben. Bald versammelten sich die übrigen um uns; die einen glaubten mir, während mich die anderen für einen Lügner hielten.

Da trat auf einmal ein Handelsmann aus ihrer Mitte hervor, grüßte mich und sprach: »Du hast wahr gesprochen, Sindbad der Seemann; dieses Geld und diese Waren gehören dir.« Zu den anderen fuhr er fort: »Ich erzählte euch vor kurzem das Wunderbarste, was mir jemals auf Reisen begegnet, als ich nämlich einst Diamanten sammelte und vom Diamantberge herab Fleischstücke auswarf, wie einst ein Mensch daran festgebunden war. Dies war Sindbad, der mir dann viele Diamanten schenkte, von denen er die Taschen voll hatte. Wir reisten dann zusammen nach Baßrah, von wo er sich nach Bagdad begab, ich weiß nicht, was ihm inzwischen zugestoßen, danke aber Gott, dass er wieder bei uns ist, um euch zu überzeugen, dass ich euch die Wahrheit berichtet, und dass ihn der Herr wieder zu seinen Waren geführt.« Nachdem dieser Kaufmann so gesprochen, gab ich dem Kapitän noch andere Zeichen, so dass er keinen Zweifel mehr hatte und mich aufs neue willkommen hieß und umarmte und sagte: »Gott sei für deine Rettung gepriesen.« Nachdem ich dann meine ganze Geschichte erzählt und noch andere Beweise angeführt hatte, wurden mir meine Waren ausgeliefert, ich handelte damit und machte ungewöhnlich großen Gewinn.

Von der Insel Kalaset segelten wir nach Indien, wo ich Gewürznelken, Ingwer und andere Spezereien einkaufte. Von hier segelten wir nach Sind, wo wir auch Handel trieben und uns das Land ansahen. Auf dieser Reise sah ich unzählbare Merkwürdigkeiten, unter anderem Fische wie Stiere und Esel, auch Vögel, die aus einer Seemuschel hervorgehen und auf dem Wasser Eier legen und ausbrüten und nie das trockene Land betreten. Endlich kam ich, nach einer lange Reise von Insel zu Insel, in Baßrah an und erreichte schließlich wieder Bagdad mit mehr Geld und Waren, als ich selbst wusste. Ich machte meinen Freunden und Bekannten viele Geschenke, kleidete Weisen und Witwen, schaffte mir wieder Sklaven und Sklavinnen an, und lebte in süßer Behaglichkeit an guten Speisen und Getränken, an Musik, Gesang und schönen Mädchen mich ergötzend, froh und heiter und gedachte nicht mehr der ausgestandenen Leiden. Das ist der Schluss meiner dritten Reise.

Sindbad ließ dann Speisen auftragen, gab dem Lastträger wieder hundert Goldstücke und sprach: »Komme morgen wieder, du sollst dann hören, was mir noch Merkwürdigeres auf der vierten Reise begegnet ist.« Der Lastenträger versprach es und ging nach Hause, verwundert über das, was er von Sindbad gehört hatte.

Des anderen Tages ging er wieder zu ihm. Als sie alle beisammen waren, schmausten sie wie den vorhergehenden Tag; später begann Sindbad:

Sindbads vierte Reise

ch lebte einige Zeit allen Lebensgenüssen hingegeben und vergaß alle früheren Strapazen im Übermaße meines Glücks und meiner blühenden Geschäfte. Eines Tages besuchten mich vornehme Kaufleute, die durch ihr Gespräch über Handel und Reisen auch meine Wanderlust wieder weckten, so das ich beschloss, mit ihnen zu reisen, um neue Länder zu sehen. Ich kaufte kostbare Waren für den Seehandel ein und begab mich mit meinen Freunden auf ein großes Schiff.

Wir waren längere Zeit unterwegs, als wir eines Tages bei einer bisher außerordentlich günstigen Fahrt von einem Windstoß getroffen wurden, der den Kapitän zwang, die Segel einzuziehen und die Anker auszuwerfen. Der Sturm kam aber dann von vorne, zerriss unsere Segel sowie das Ankertau und schlug den Mastbaum um, so dass das Schiff unterging und eine große Anzahl Handelsleute ertranken und die Ladung zugrunde ging.

Ich und einige andere Handelsleute hatten das Glück, uns an einem Brett festhalten zu können, auf dem wir einige Zeit bei stillem Winde mit Händen und Füßen fortruderten. Dann erhob sich der Sturm wieder und die Wellen trieben uns, nach Gottes Bestimmung, gegen eine große Insel. Wir stiegen ans Land, außer uns vor Erschöpfung, Hunger, Durst und Kälte, und nährten uns von einigen Pflanzen. Die Nacht aber ruhten wir am Ufer aus.

Den darauf folgenden Tag entfernten wir uns mit dem ersten Strahl der Sonne vom Ufer, drangen auf der Insel vor und bemerkten Wohnungen, denen wir uns näherten. Sogleich kam ein Schwarzer aus den Hütten uns entgegen. Ohne uns zu grüßen, ergriff er uns und führte uns zu ihrem Oberhaupte. Man stellte uns eine Speise vor, die wir nicht kannten, noch je gesehen hatten. Meine Kameraden, an denen Hunger gezehrt hatte, aßen davon. Ich aber hatte einen Ekel davor und wollte trotz meinem Hunger nicht einmal davon kosten; dies war mein von Gott beschiedene Glück, denn kurz darauf bemerkte ich, dass meine Kameraden den Verstand verloren hatten, und wie Rasende weiter aßen. Man reichte uns darauf Kokosnussöl; meine Kameraden, die schon von Sinnen waren, aßen auch hiervon und rieben sich damit ein. Ich erstaunte darüber und sah dann, dass es Magier waren, die jeden Fremden, der zu ihnen kam, mästeten und ihrem König, der ein Werwolf war, gebraten zu essen gaben. Dies geschah meinen Kameraden, die durch diese Speisen ihren Verstand verloren hatten, ich aber blieb zwei Tage bei ihnen und enthielt mich aus Furcht und Angst jeder Speise und jeden Getränks. Ich zehrte sichtbar ab und meine Haut dorrte aus: die Schwarzen bemerkten meinen krankhaften Zustand und ließen mich leben und kümmerten sich gar nicht um mich.

Auf diese Weise konnte ich mich eines Tags von den Wohnungen der Schwarzen entfernen und, mich von den Pflanzen der Insel nährend, verstohlen weiter gehen. Da bemerkte ich in der Ferne einen Greis und ging auf ihn zu, um zu sehen, wer er sei. Er war der Hirt, der die Menschen auf die Weide führte, welche vom König verzehrt werden sollten. Er musste sie, nachdem sie von der genannten Speise gegessen hatten, ins Freie führen, wo sie von den Früchten der Insel gemästet wurden, bis sie recht fett wurden. Als ich dies wahrnahm, fürchtete ich mich und wollte umkehren; der Greis, welcher merkte, dass ich verständiger als die anderen war, gab mir durch ein Zeichen zu verstehen, dass ich den Weg nach rechts einschlagen sollte, um zu meinem Ziele zu gelangen. Ich folgte dieser Weisung, schlug den bezeichneten Weg rechts ein, fürchtete immer, verfolgt zu werden, lief bald, ging dann wieder langsam und ruhte aus, und endlich als die Nacht hereinbrach und ich weit entfernt vom Greis war, legte ich mich nieder, konnte aber vor Angst und Müdigkeit nicht schlafen. Ich stand wieder auf, ging die ganze Nacht durch, des Morgens ruhte ich wieder aus und stärkte mich an einigen Pflanzen und Früchten und setzte so meinen Marsch sieben Tage lang fort.

Am achten Tage bemerkte ich in der Ferne einen Greis, ich ging auf ihn zu und erreichte ihn erst beim Sonnenuntergang. Da fand ich bei ihm weiße Menschen, die beschäftigt waren, Pfeffer zu sammeln, sie kamen mir sogleich, als sie meiner ansichtig wurden, entgegen und fragten mich, wer ich sei und woher ich komme. Ich erzählte ihnen, wie ich Schiffbruch gelitten, auf diese Insel gekommen und in die Hände der Schwarzen gefallen sei. Sie unterbrachen mich mit der Frage: durch welche Wunder ich den Schwarzen habe entkommen können, welche diese Insel beherrschen. Ich erzählte ihnen alles von Anfang bis zu Ende, was hier zu wiederholen überflüssig wäre, und sie waren höchst verwundert darüber.

Sie brachten mir dann etwas zu essen, und als ich gegessen und ausgeruht hatte, schiffte ich mich mit ihnen ein, und wir begaben uns auf die Insel, woher sie gekommen waren. Sie brachten mich zu ihrem König, der mich begrüßte und begierig, meine Geschichte zu hören, sich dieselbe genau erzählen ließ.

Nachdem ich alles erzählt hatte, beglückwünschte er mich, hieß mich sitzen und ließ mir zu essen geben; ich pries Gott, dankte ihm für seine Güte und blieb in seiner Hauptstadt, welche sehr bevölkert war und großen Handel trieb. Dieser reizende Aufenthalt tröstete mich mächtig über mein Unglück, und die Güte, die der König für mich hatte, machte mich vollends zufrieden, und ich befreundete mich bald mit den Bewohnern der Stadt.

Ich bemerkte in diesem Lande etwas, das mir sehr ungewöhnlich schien. Jedermann ritt auf den besten Pferden ohne Steigbügel und ohne Sattel. Ich fragte eines Tages den König, warum er sich keines Sattels bediene. Seine Antwort war, ich spreche ihm von Dingen, deren Anwendung er nicht kenne. Ich bat um die Erlaubnis, einen Sattel zu verfertigen und ging sogleich zu einem Schreiner und lehrte ihn, einen Sattel nach einer Zeichnung bauen, die ich ihm gab. Als derselbe fertig war, fütterte ich ihn mit Wolle aus und besetzte ihn mit Leder. Drauf ging ich zum Schmied, der mir eine Gebissstange und Steigbügel, wie ich ihm zeigte, machte.

Als alles dies aufs beste fertig war, ging ich hin zum König, suchte eines seiner besten Pferde aus, legte ihm Sattel und Zaum an und bat ihn, das Pferd zu besteigen. Der König bestieg dasselbe und hatte an der Erfindung solches Gefallen, dass er mir seine Freude durch die glänzendsten Geschenke bezeigte. Drauf machte ich verschiedene Sättel für die übrigen Großen des Reiches, die mir alle Dinge schenkten, die mich binnen kurzem zum reichen Mann machten. Auch bei den übrigen Einwohnern kam ich in großen Ruf und war allgemein geschätzt und geachtet, weil ich den Schreiner gelehrt hatte, das Gerippe zum Sattel zu verfertigen und den Schmied, Zaum und Steigbügel zu schmieden.

Eines Tages sagte mir der König: »Sindbad! Ich habe dich gern und weiß auch, dass alle meine Untertanen dasselbe tun. Ich habe eine Bitte an dich; du musst mir versprechen, sie zu erfüllen, dann wirst du alles Gute erlangen.«

»König!« war meine Antwort, »was verlangst du von mir?« Der König erwiderte: »Mein Wunsch ist, du nähmest eine der vornehmsten Töchter meiner Stadt zur Frau, damit dich dieselbe fessele und du einer der Unsrigen werdest, ich will dir Einkünfte verschaffen, die dir gestatten, im Überfluss zu leben.«

Da ich nicht wagte, dem Befehl des Königs zuwider zu handeln, so erwiderte ich: »Du hast zu gebieten, o König der Zeit!«

Er ließ alsbald den Kadi und die Gerichtszeugen rufen und verheiratete mich mit einer vornehmen, adeligen, sehr schönen Frau, die viel Geld und Güter besaß. Er wies mir dann eine Wohnung an, schenkte mir Sklaven und gab mir Diener und bestimmte mir ein Gehalt und Rationen. Ich freute mich damit und dachte: ich gebe mich der Fügung Gottes hin, will er mich einst wieder in meine Heimat zurückführen, so kann es niemand hindern, und es bleibt mir dann die Wahl, ob ich die Frau mitnehme oder entlasse. Indessen liebte ich bald meine Frau und ward auch von ihr geliebt, so dass wir eine geraume Zeit sehr glücklich lebten. Eines Tages hörte ich ein Jammergeschrei aus dem Hause meines Nachbarn, mit dem ich befreundet war. Ich fragte nach der Ursache dieses Jammers und vernahm, seine Gattin sei gestorben. Ich hielt es für meine Pflicht ihn zu besuchen. Ich ging zu ihm, um ihn zu trösten und fand ihn tief bekümmert.

»Gott stärke dich, vermehre deinen Lohn, erbarme sich der Verstorbenen und verleihe dir ein langes Leben!« war meine Anrede.

»Ach!« rief er aus, »was können mir deine Wünsche nützen? Ich habe bloß noch eine Stunde zu leben! Ich sehe dich und alle meine Freunde nicht wieder bis zum Auferstehungstage.«

Ich fragte: »Wieso dies?«

»Wisse«, erwiderte er, »man wird alsbald meine Frau waschen und in ein Totengewand hüllen und beerdigen und mich mit ihr begraben. Dies ist der Gebrauch unseres Volks: der lebende Mann wird mit seiner gestorbenen Frau und die lebende Frau mit ihrem gestorbenen Mann begraben, damit sie auch nach dem Tode vereinigt bleiben.«

Ich sagte: »Bei Gott, das ist eine abscheuliche Sitte, der sich niemand gern unterwirft.«

Während wir uns so unterhielten, kamen die meisten Stadtbewohner herbei, um die Trauernden zu trösten. Man legte dann die Frau in einen Sarg und ging damit ans Ende der Insel bis zu einem großen Stein, der eine große Zisterne bedeckte. Der Stein wurde aufgehoben, und der Leichnam sowohl als der lebendige Mann wurden an einem Strick hinabgelassen. Der Mann, dem man einen Krug Wasser und sieben Brötchen mitgab, löste den Strick ab, der wieder heraufgezogen wurde, worauf dann die Öffnung wieder mit dem Stein geschlossen wurde und jeder seines Weges ging.

Als ich hierauf wieder zum König kam, sagte ich ihm: »O mein Herr! Wie mögt ihr Menschen lebendig begraben?«

Er antwortete: »So ist es Sitte bei uns: stirbt ein Mann, so wird seine Gattin mit ihm begraben, stirbt eine Frau, so folgt ihr der Gatte ins Grab. So war es Sitte bei unseren Vätern und Ahnen und den Königen vor uns.«

Ich sagte: » Das ist eine schlimme Sitte«, dann fragte ich: »Gilt dieses Gesetz auch für Fremdlinge?«

»Allerdings«, erwiderte er mir, »sind sie nicht davon ausgenommen.«

Die Furcht, dass meine Frau vor mir sterben könne und dass ich dann lebend mit ihr begraben würde, flößte mir sehr trübe Gedanken ein. Ich befand mich wie in einem Gefängnis durch diese Worte des Königs und verabscheute meinen Aufenthalt in einer solchen Stadt. Am Ende beruhigte ich mich wieder und dachte: vielleicht sterbe ich vor meiner Frau, oder wird mir Gott helfen, dass ich vor ihrem Tode in meine Heimat zurückkehre. Aber nach einiger Zeit erkrankte sie, hütete das Bett und starb.

Mein Schmerz war groß, denn ich konnte nicht mehr entfliehen. Viele Leute kamen, um mich und die Verwandten der Frau zu trösten, und der König selbst erschien auch, um mir sein Beileid zu bezeugen. Man stattete alsbald meine Frau aus und trug sie in einem Sarg nach jenem Berge, hob den Stein von der Zisterne, dann sprach man mir Trost zu und verabschiedete sich von mir.

Ich schrie: »Ist es erlaubt von Gott, einen Fremden lebendig zu begraben? Ich bin nicht von den Eurigen, kannte eure Sitte nicht, hätte ich sie gekannt, so würde ich keine eurer Frauen geheiratet haben.«

Sie hörten mich aber nicht an und hatten kein Mitleid mit mir. Sie banden mich fest, ließen mich in die Zisterne hinab und riefen mir zu: mache den Strick los! als ich dies nicht tat und fortwährend schrie, warfen sie den Strick auf mich herab und deckten die Öffnung wie gewöhnlich zu. Da sie gewohnt waren, den Verstorbenen die schönsten Kleider und den kostbarsten Schmuck anzuziehen, so geschah dies auch bei meiner Frau, welche wertvolle Edelsteine an ihrem Schmuck hatte.

Als die Leute fort waren, sah ich mich in der Zisterne um, welche von einem abscheulichen Gestank angefüllt war, und vernahm ein leises Stöhnen, das meine Angst noch vermehrte. Es kam von einem Manne, der wenige Tage vor mir hinabgelassen worden war. Ich wurde fast rasend vor Verzweiflung und dachte: es gibt keinen Schutz und keine Macht außer bei Gott. Gottes Wille geschehe! warum musste ich mich in dieser Stadt verheiraten, ich war doch früher so vergnügt. Ich erinnerte mich an mein früheres glückliches Leben und dachte: wäre ich doch wenigstens einen schönen Tod gestorben und gewaschen und beerdigt worden! Bei Gott, so wie ich einem Unheil entkomme, stürze ich in ein anderes, und am Ende soll ich so jämmerlich umkommen und lebendig begraben werden. Gott verdamme das Gelüste nach weltlichen Dingen, nur meine Gier hat mich in so verzweifelte Lage gebracht. Ich fuhr dann fort, mir selbst Vorwürfe zu machen und mir zu sagen, dass ich dies und noch mehr von Gott verdient habe, da ich ein freies, ruhiges Leben geführt hatte und nicht geruht, bis ich in eine dunkle Zisterne zu Leichen geworfen wurde. Ich wünschte mir den Tod, wendete mich dann vom Satan ab und flehte Gottes Schutz an.

Ich hatte jedoch eine schlimme Nacht, war hungrig und durstig, und befand mich in solcher Dunkelheit, dass ich den Tag nicht von der Nacht unterscheiden konnte. Ich streckte die Hand nach dem Brot aus und aß etwa die Hälfte eines Brötchens, nahm auch ein wenig Wasser aus dem Krug, denn ich dachte: ich will wenig essen, vielleicht rettet mich Gott noch. Dann ging ich an den Seiten der Zisterne umher und sah, dass es eine große Höhle war, in welcher viele Leichen und Knochen umherlagen. Plötzlich ging die Öffnung der Zisterne wieder auf, es kam Licht von oben, und ich dachte: es wird vielleicht wieder jemand begraben. Ich blickte hinauf ohne gesehen zu werden, und bald ließ man einen toten Mann und eine hübsche lebendige Frau zu mir herab, der man, wie gewöhnlich, einen Krug Wasser und sieben Brötchen mitgab. Sobald die Leute von der Öffnung fern waren, machte ich mich auf und gab ihr schnell mit einem der Knochen, die umher lagen, zwei Schläge auf den Kopf, wovon sie die Besinnung und das Leben verlor. Ich nahm dann ihr Brot und ihr Wasser und was sie an Schmuck und Edelsteinen an sich hatte und nährte mich von diesem Brot, nahm aber nie zu viel zu mir, damit der Vorrat lang währte, denn ich hoffte immer noch auf Gottes

Hilfe. So lebte ich längere Zeit, indem ich immer die Leute, die man lebendig herabließ, erschlug und mich ihres Vorrats bemächtigte. Eines Tages, als ich so da saß, hörte ich ein Rasseln an den Knochen, die an der Seite der Zisterne lagen. Ich stand auf, um zu sehen, was dies bedeute, denn ich fürchtete mich, da bemerkte ich, wie etwas vor mir herging, ich ergriff einen Knochen und verfolgte den Gegenstand, er lief aber vor mir weg. Ich verfolgte ihn so lange, bis ich ein Licht entdeckte, das in der Ferne einem Sterne glich. Ich ging diesem Lichte immer näher und dachte, vielleicht hat die Zisterne eine zweite Öffnung und entdeckte zuletzt, dass es von einer Öffnung des Felsens kam, die nach dem Meere ging und durch welche Tiere kamen, um die toten Gebeine zu fressen. Als ich dessen gewiss war, beruhigte ich mich und sah wieder neues Leben vor mir, nachdem ich mich dem Tode verfallen geglaubt hatte, und mir war, als träumte ich. Ich gab mir Mühe, um durch die Öffnung zu gelangen und befand mich am Ufer des Meeres, durch einen hohen Berg von der Stadt getrennt, nach welcher gar kein Weg führte.

Ich dankte Gott für meine Rettung. Drauf ging ich in die Höhle zurück, um das Brot und Wasser zu suchen, das ich noch darin hatte, dann kehrte ich wieder zurück und nahm alle Diamanten, Perlen, Rubinen, goldene Armspangen mit den übrigen Goldstoffen, die sich in den Bahren befanden, weg, um sie ans Meeresufer zu tragen. Ich machte mehrere Packen daraus und hüllte sie in Totengewänder ein. Ich ging dann jeden Tag wieder in die Höhle, erschlug die Leute, die man lebendig herabgelassen und nahm ihr Brot und ihr Wasser.

Nach einiger Zeit, als ich so am Ufer des Meeres saß, bemerkte ich ein Schiff, das vorüber segelte. Ich rief aus vollem Halse, damit man mich höre und winkte mit einem Fetzen von einem Totengewande, das neben mir lag. Man bemerkte mich, und die Schaluppe ward abgesandt, um mich an Bord zu führen. Auf die Frage der Matrosen, wer ich sei und wie ich mich an diesem Ort befinde, wo sie vor mir noch keinen Menschen gesehen, antwortete ich, ich sei ein Kaufmann und habe mich auf einem Schiffe befunden, das untergegangen ist und mit großer Anstrengung mich hierher mit einigen Effekten und etwas Schmuck gerettet. Ich sagte ihnen aber nichts von dem, was mir in der Stadt und in der Höhle widerfahren, weil ich fürchtete, es möchte jemand aus der Stadt auf dem Schiffe sein.

Sie nahmen mich mit meinen Effekten auf, und als ich auf das Schiff kam, sammelte sich alles um mich herum, und als der Kapitän mich ausfragte, wiederholte ich, was ich den Matrosen erzählt hatte und bemerkte, dass ich meine ganze Ladung verloren, kein Geld besitze und nur einigen Schmuck aus dem Schiffbruch gerettet habe. Ich bot ihm dann einiges davon an, da er mich doch aufgenommen, er nahm aber nichts an, indem er sagte, dass er Gott zu Ehren jeden, der Schiffbruch gelitten oder auf einer Insel verlassen ist, aufnehme und mit Proviant versorge, und dass er sich freue, mich außer aller Gefahr auf seinem Schiffe zu sehen. In der Tat versorgte mich der Kapitän unentgeldlich, bis wir glücklich nach Baßrah kamen, von wo ich, nach kurzem Aufenthalt, mich nach Bagdad begab. Ich teilte meine Schätze mit meiner Familie und mit meinen Freunden, beschenkte die Armen und Waisen und lebte wieder einige Zeit in Lust und Wonne mit meinen Freunden.

Das sind die Abenteuer meiner vierten Reise, komme aber morgen wieder, sagte er hierauf zu Sindbad, dem Landmanne, um die Geschichte meiner fünften Reise zu vernehmen, die noch wunderbarer als die der früheren ist. Er ließ ihm dann wieder hundert Dinare geben, und am folgenden Morgen, als er wiederkehrte und man gegessen und getrunken hatte, begann der Seefahrer folgende Erzählung:

Sindbads fünfte Reise

Solche Genüsse übten Gewalt auf mich aus, so dass ich schnell die ausgestandenen Leiden und Strapazen vergaß. Aufs neue reizte mich der Trieb, fremde Länder zu sehen; ich kaufte daher Waren, ließ sie einpacken und reiste damit nach Baßrah. Als ich an das Ufer des Meeres kam, sah ich ein großes Schiff, auf dem viele Kaufleute waren. Ich kaufte es, nahm einen Kapitän und Matrosen in Sold und bestieg es mit einem Sklaven und Dienern. Wir lasen die erste Sure des Korans und reisten mit Gottes Hilfe Tag und Nacht, von Stadt zu Stadt und von Land zu Land, bis uns das Geschick auf eine verlassene Insel trieb, wo wir ein Ei des Vogels Rock fanden, das in der Ferne einer Kuppel gleich sah. Das Junge war gerade im Begriff herauszuschlüpfen, und dessen Schnabel war schon sichtbar.

Die Handelsleute, die sich mit mir eingeschifft hatten und auch mit mir ans Land gestiegen waren, schlugen mit Steinen auf das Ei los, brachten darin eine Öffnung an, aus der sie das Junge des Vogels Rock herausnahmen. Sie schlachteten es und nahmen viel Fleisch davon. Ich schlief neben dem Schiffe; als ich erwachte, rief ich ihnen zu, das Ei nicht zu berühren, da sonst der Vogel unser Schiff zertrümmern würde, aber sie hörten nicht auf meine Worte, so sehr ich sie auch deshalb anschrie. Während wir so sprachen, verfinsterte sich die Atmosphäre, und die Sonne verhüllte sich, obgleich es zur Mittagszeit war. Die Sonne ward wie von einer schwarzen Wolke überzogen, und als wir gen Himmel sahen, bemerkten wir, dass die vermeintliche Wolke die Flügel des Vogels Rock waren, der in der Luft über seinem Ei umherkreiste. Der Kapitän rief uns zu, so schnell als möglich das Schiff zu besteigen, um nicht vom Rock getötet zu werden. Wir eilten auf das Schiff und entfernten uns eilig vom Ufer. Inzwischen sah sich der Vogel nach seinem Ei um und stieß ein furchtbares Geheul aus, als er es zerbrochen fand. Er verfolgte uns dann mit seinem Weibchen, und trotz aller Anstrengung, das Schiff so schnell als möglich in Bewegung zu setzen, fanden sie sich doch bald über unserem Schiffe, und wir bemerkten, dass jeder zwischen seinen Krallen ein Felsenstück von ungeheurer Größe hielt. Der Rock ließ hierauf das Felsenstück, das er hielt, über uns herfallen; der Steuermann konnte jedoch noch schnell genug dem Schiffe eine andere Wendung geben, wodurch jenes ins Meer fiel und dasselbe bis auf den Grund aufwühlte, so dass das Schiff in die Höhe gehoben und dann wieder niedergeworfen ward und nahezu unterging. Kaum waren wir durch Gottes Hilfe dieser Gefahr entronnen, so ließ das Weibchen die noch größere Felsenmasse mitten auf unser Schiff fallen, so dass es zerschmettert ward. Die Matrosen und Reisenden ertranken; ich selbst kam unter Wasser, glücklicherweise konnte ich mich an einem Stücke der Schiffstrümmer halten. Indern ich mich so drei Tage mit der Hand hielt und mit den Füßen ruderte, wurde ich endlich mit günstigem Winde gegen eine Insel getrieben.

Ich war wie eine Leiche vor Hunger, Müdigkeit und Ärger, und ich machte mir wieder Vorwürfe, dass ich mein glückliches Leben aufgegeben und aus Übermut mich neuen Gefahren ausgesetzt hatte. Als ich indessen eine Weile geschlafen und mich gestärkt hatte, ging ich auf der Insel umher und fand sie reich an Vögeln, Bächen und Baumfrüchten. Ich aß und trank, bis ich gesättigt war und legte mich des Abends nieder in großer Furcht, weil ich keine Spur von einem menschlichen Wesen entdeckt hatte.

Als ich ein wenig auf der Insel zwischen Bäumen und Bächen vordrang, bemerkte ich einen Mann, der bei einem tätigen Wasserrad saß. Er war ganz nackt, hatte nur eine Schürze aus Palmfasern und einen Gürtel aus geflochtenen Blättern an. Ich dachte, er ist vielleicht fremd wie ich und näherte mich, ihn grüßend. Er erwiderte meinen Gruß mit Anstand und Freundlichkeit und hieß mich willkommen. Ich fragte ihn, wer er sei, woher er komme und auf welchem Orte ich mich befände. Er gab mir durch Zeichen zu verstehen, dass ich ihn zu dem Brunnen des Wasserrads tragen sollte.

Anfangs dachte ich mir, dass sein Zustand wirklich diese Hilfe nötig mache; ich nahm ihm daher auf meinen Rücken und trug ihn bis an den bezeichneten Ort, dann hieß ich ihn absteigen und wollte ihn niedersetzen, ich konnte ihn aber nicht von den Schultern herunterbringen, denn er hatte mir die Beine um den Hals geschlungen, deren Haut der eines Büffels glich und die so schwer wie ein Berg waren. Als ich sah, in welch neues Unglück ich mich gestürzt, rief ich: »Es gibt keinen Schutz und keine Macht, außer bei Gott, dem Erhabenen. Sooft ich von einem Übel frei bin, stürze ich in ein anderes.« Mein Herz ward von Schrecken erfüllt, die Welt schwarz vor meinen Augen, und ich fiel wie eine Leiche zur Erde nieder. Er hob seine Beine ein wenig auf, und ich ruhte und sah, dass seine Beine meinen Hals noch ärger zerschunden hatten, als wenn er mit einer Peitsche geschlagen worden wäre. Ich erhob mich und wollte davonlaufen, aber er rief mich zurück und befahl mir, ihn unter den Bäumen umherzutragen, und als ich mich nicht beeilte, sprang er wieder auf meine Schultern und stieß mich mit seinen Füßen, dass ich glaubte, er habe mir Brust und Rippen zerbrochen. So trug ich ihn dann mitten in die Insel, denn so oft ich stehen blieb, schlug er mich, ich war wie sein Gefangener, so dass ich am Leben verzweifelte. Er aber aß von den Früchten der Bäume und verunreinigte mich und stieg weder bei Tag noch bei Nacht von meinem Nacken herunter, selbst wenn er schlief hatte er seine Beine fest um meinen Hals geschlungen, so dass ich mich nicht losmachen konnte, und wenn ich nicht alsbald nach seinem Wunsche aufstand oder weiter ging, so schlug er mich auf die Seiten und auf die Brust, und seine Schläge waren ärger als Peitschenhiebe, so dass ich aus Furcht vor ihm ganz gehorsam sein musste. Ich wünschte

Ich konnte den alten Mann nicht von den Schultern herunterbringen.

den Tod herbei und machte mir Vorwürfe, dass ich mich von meiner Leidenschaft aus der Ruhe in solche Qualen habe stürzen lassen, auch nahm ich mir vor, in Zukunft mich keinem Menschen mehr zu nähern, der mich um Hilfe angeht.

Eines Tages fand ich auf meinem Wege mehrere trockene Kürbisse; ich nahm einen ausgetrockneten, höhlte ihn schön aus und drückte den Saft mehrerer Trauben hinein. Als ich den Kürbis angefüllt hatte, schloss ich die Öffnung wieder, die ich am oberen Teile angebracht hatte, und legte ihn einige Tage in die Sonne, bis der Traubensaft sich in starken Wein verwandelt hatte. Dann trank ich jeden Tag davon, und er gab mir Kraft und berauschte mich, dass ich keine Müdigkeit mehr fühlte. Eines Tages ward ich vom Weine so munter, dass ich anfing zu singen, Verse zu rezitieren, die Hände zusammenzuschlagen und mit dem Greis hin und her zu hüpfen.

Als der Greis die Wirkung merkte, die das Getränk auf mich gemacht hatte, gab er mir zu verstehen, dass er auch davon trinken wolle; ich reichte ihm daher den Kürbis hin, den er ergriff und bis auf den letzten Tropfen leerte. Er wurde alsbald sehr heiter, klatschte mit den Händen, hüpfte auf meinen Schultern, seine Beine fingen an sich zu lockern, er zitterte an allen Gliedern und wurde ganz betäubt, da löste ich ihm seine Beine von meinen Schultern, setzte ihn auf die Erde und freute mich sehr, als ich ihn noch immer ganz bewusstlos sah. Ich holte dann einen großen Stein zwischen den Bäumen hervor, warf ihn mit aller Kraft auf seinen Kopf, so dass ich ihm den Hirnschädel zerschmetterte und sein Blut sich mit seinem Fleisch mischte. Gott eilte mit seiner Seele in die Hölle. (Möge er kein Erbarmen mit ihm haben!)

Ich ging dann wieder an das Ufer an die Stelle zurück, an der ich mich früher befand, und nährte mich von den Früchten der Insel und sah immer nach dem Meere hin. Groß war meine Freude, als eines Tages ein Schiff heransegelte und an dieser Insel ankerte. Ich ging auf die Mannschaft zu, grüßte sie, man erwiderte meinen Gruß und bald sammelten sich alle Leute vom Schiffe um mich, um zu hören, wie ich hierher gekommen.

Nachdem ich nun meine ganze Geschichte erzählt hatte, sagte der Kapitän: »Der Alte, den du erschlagen hast, wird der Scheich des Meeres genannt, niemand ist ihm noch lebendig entkommen, und wer unter ihm umgekommen ist, den hat er gefressen.«

Man wünschte mir Glück zu meiner Rettung, schenkte mir Lebensmittel und Kleidungsstücke und nahm mich mit auf das Schiff, das nach wenigen Tagen gegen eine große Stadt getrieben wurde, die am Ufer des Meeres lag, mit einem großen, festen Schloss, welches Mauern mit einem eisenbeschlagenen Tore umgaben. Durch dieses Tor begeben sich die Bewohner der Stadt des Abends an das Ufer und besteigen ihre Nachen, auf denen sie mitten im Meere die Nacht zubringen, aus Furcht vor den Affen. Ich dachte mit Bewunderung darüber nach und erinnerte mich an meine früheren Abenteuer mit den Affen und gedachte auch meiner Freunde. Während ich aber so, in Gedanken vertieft, in der Stadt umherging, segelte das Schiff weiter, und ich bereute es, mich davon entfernt zu haben, aber meine Reue konnte mir nichts mehr nützen.

Als ein Mann aus dieser Stadt mich so nachdenkend sah, sagte er zu mir: »Du scheinst hier fremd zu sein.«

Ich antwortete: »Allerdings, ich befand mich auf dem Schiffe, das hier geankert hatte, und während ich mich in der Stadt umsah, segelte es weiter und ließ mich zurück, ich bin nun allein, ganz unbekannt mit der Stadt und ihren Bewohnern.«

Der Mann erwiderte: »Sei ohne Furcht, geh mit mir auf meinen Nachen, denn wenn du die Nacht in der Stadt bleibst, kommst du um.«

Ich folgte ihm und stieg in seinen Nachen, der sich ungefähr eine Meile weit von der Küste entfernte und erst des Morgens wieder nach der Stadt zurückgebracht wurde, welche an der Grenze des Landes der Schwarzen lag, denn wer die Nacht über in der Stadt blieb, wurde von den Affen aufgefressen. Den Tag über ging jeder seinem Geschäfte nach. Mich aber fragte der Mann, der mich aufgenommen hatte: »Verstehst du kein Handwerk?«

Ich antwortete: »Bei Gott, ich bin kein Handwerker, ich war ein reicher Kaufmann, trieb Handel, habe aber durch Schiffbruch alles verloren.« Ich erzählte ihm dann meine ganze Leidensgeschichte, und als er sie mit großem Erstaunen angehört hatte, sagte er, indem er mir einen baumwollenen Beutel mit Steinen gefüllt überreichte: »Nimm diesen Beutel und folge mir!«

Er führte mich dann zu einer Gesellschaft und sagte: »Hier ist ein fremder Mann, der Schiffbruch gelitten und nichts mehr besitzt und kein Handwerk versteht, nehmt ihn mit, lehrt ihn euer Geschäft, vielleicht erwirbt er so viel, dass er damit in seine Heimat zurückkehren kann.«

Die Leute, denen er mich so empfohlen hatte, hießen mich willkommen und sagten: »Bei unserem Haupte und unseren Augen.« Hierauf sagte der Mann: »Tu nun, was sie tun, und wenn du zurückkehrst, so komme wieder zu mir.«

Er verließ mich dann, nachdem er mir noch einige Lebensmittel gegeben hatte. Ich dankte ihm und schloss mich den übrigen an, bis sie zu hohen, glatten Bäumen gelangten, auf die kein Mensch hinaufklettern konnte, und unter welchen viele Affen lagen. Als die Affen uns sahen, stiegen sie auf die Bäume. Die Leute warfen ihnen Steine aus ihren Taschen nach, worauf die Affen Früchte pflückten und herabwarfen. Als ich sie näher betrachtete, waren es Kokosnüsse, und die Bäume waren Kokosnussbäume, deren Früchte nur auf diese Weise gewonnen werden konnten.

Ich nahm dann auch Steine aus meinem Beutel und schleuderte sie gegen die Affen, die mich wieder mit Nüssen bewarfen, die ich in großer Zahl sammelte. So brachten wir den ganzen Tag zu, und des Abends kehrten wir in die Stadt zurück, und ich übergab dem Manne, der mich aufgenommen, was ich gesammelt hatte. Er freute sich und sagte: »Geh jeden Tag mit den Leuten und bringe, was dir Gott beschert, vielleicht bringst du so viel zusammen, dass, wenn du sie verkaufst, du mit dem Erlös in deine Heimat zurückkehren kannst.« Ich dankte ihm und wünschte ihm viel Gutes für das, was er mich gelehrt und fuhr fort, Nüsse zu sammeln und zu verkaufen und das Geld um mich herum zu binden.

Eines Tages ankerte ein Schiff vor dieser Stadt, auf welchem viele Kaufleute waren, die mit ihren Waren Tauschhandel trieben. Ich ging zu meinem Wirte und sagte ihm, dass ich die Absicht habe, mit dem angekommenen Schiffe abzureisen. Er ging zum Kapitän, mietete mir einen Platz, gab mir noch einige Lebensmittel und nahm Abschied von mir.

Ich begab mich auf das Schiff mit vielen Kokosnüssen, denn ich hatte nur einen Teil derselben verkauft, auch schenkten mir meine Gefährten noch viele Nüsse, und wir reisten von Insel zu Insel, bis wir an eine große Stadt kamen. Ich vertauschte meine Nüsse gegen Gewürznelken und Pfeffer und sah mir den Pfefferbaum an, von dem man mir sagte, er trage große Büschel, und neben jedem Büschel wachse ein großes Blatt, das ihn beschatte und gegen Regen schütze, und wenn er aufhört, sich wieder nach unten wende.

Wir kamen auch auf andere Inseln, auf welchen verschiedenes Aloeholz wächst, deren Bäume im Meer wurzeln. Die Bewohner derselben sind dem Weine und der Unsittlichkeit ergeben und wissen nichts vom Gebete. Dann kamen wir auf die Insel der Perlensammler, ich gab Tauchern viele Kokosnüsse und ließ sie für mich untertauchen und vertraute dabei auf Gott. Sie brachten viele kostbare Perlen herauf, und ich wurde reicher, als ich es je war. So reisten wir immer weiter bis nach Baßrah.

Hier hielt ich mich einige Tage auf, um auszuruhen, dann mietete ich ein Schiff und reiste mit allen meinen Waren nach Bagdad zu meiner Familie und zu meinen Freunden, von denen ich geglaubt hatte, ich würde sie nie mehr wieder sehen. Nun lebte ich wieder wie früher in Lust und Wonne und vergaß bald alle meine Leiden.

Das sind meine Abenteuer der fünften Reise, so schloss Sindbad seine Erzählung, ließ dann Sindbad, dem Landmann, wieder hundert Dinare geben und lud ihn ein, am folgenden Morgen wiederzukehren, um die Ereignisse der sechsten Reise zu hören.

Sindbads sechste Reise

m folgenden Morgen erzählte Sindbad der Seefahrer: »Nachdem ich längere Zeit im höchsten Glück gelebt hatte und immer reicher wurde, kamen reisende Kaufleute zu mir und sprachen von ihren Reisen und von ihrem großen Gewinn, da überkam mich auch wieder die Lust zu reisen und fremde Länder zu besuchen. Ich kaufte kostbare Waren für eine Seereise, schaffte mir Proviant an und mietete ein Schiff nach Baßrah. Hier fand ich ein großes Schiff, mit vielen angesehenen Kaufleuten,

ich reiste mit ihnen, nach dem Willen Gottes, von Meer zu Meer, von Insel zu Insel und von Stadt zu Stadt, machte überall Geschäfte und lebte sehr vergnügt, bis eines Tages der Kapitän plötzlich seine Matrosen anschrie, sich wie ein Weib ins Gesicht schlug, den Turban vom Haupt warf und sich den Bart ausraufte und rief: »Wehe! mein Haus ist verödet! meine Kinder sind Waisen!«

Als wir ihn in solchem Zustand sahen, wurde das Licht zu Finsternis in unseren Augen. Wir gingen auf ihn zu und fragten ihn, was vorgefallen?

Er antwortete: »Wir können diesem Berg nicht entrinnen, es ist ein hoher Berg und darunter ein sehr harter, wir haben den Weg verfehlt und das Schicksal hat uns an einen Ort getrieben, von welchem noch niemand entkommen ist, doch seid fest im Glauben und betet zu Gott, vielleicht ist eine reine Seele unter euch, deren Gebet Gott erhört, dass wir gerettet werden.«

Wir fingen an zu beten und der Kapitän stieg auf den Mastbaum, um zu sehen, wo wir uns hinwenden könnten, er fand aber kein Mittel, das Schiff abzulenken, er stieg daher wieder herunter und fiel vor Gram ohnmächtig auf das Schiff. Bald darauf wehte uns ein Wind vom Berg entgegen, das Schiff drehte sich dreimal im Kreise herum, stieß dann zweimal gegen den Berg und wurde zerschmettert, und was darauf war ging unter. Manche Reisende, worunter auch ich, klammerten sich an der Seite des Berges an und es gelang ihnen, ihn zu erklimmen, andere ertranken. Als wir auf dem Berg waren, sahen wir eine Insel mit großen Bäumen und am Ufer lagen viele Gebeine und Hirnschalen von Menschen und viele Waren und wertvolle Gegenstände von zertrümmerten Schiffen, welche der Wind und die Wellen dahin getrieben hatten. Ich ging, über meine Lage nachdenkend und mir Vorwürfe machend, dass ich mich neuen Gefahren ausgesetzt, mit den anderen Geretteten auf der Insel umher, bis wir zu einem Bach frischen Wassers kamen, der am nächsten Bergesfuß hervorquoll und unter der Hügelreihe gegenüber wieder im Erdboden verschwand. Wir tranken und gingen weiter und waren erstaunt über die Masse kostbarer Güter, die am Ufer herumlagen und von gescheiterten Schiffen herrührten. Auch fanden wir allerlei Edelsteine auf dem Berg sowohl als auf dem Grund der Quelle, von welcher wir tranken, desgleichen sahen wir verschiedene Sorten edle Aloebäume. Auch fließt Ambra an der Seite eines Bächleins wie Wachs, das die Seetiere verschlingen, dann aber im Meere wieder ausspeien, worauf es Farbe und Beschaffenheit ändert. Alles dies findet sich auf dieser Insel, die aber wegen des Berges, an welchem die Schiffe scheitern, unzugänglich ist. Wir gingen nun ratlos umher, ohne zu wissen wohin, und wurden immer schwächer, denn wir mussten uns von Pflanzen nähren. Sooft einer von uns starb, wuschen wir ihn, hüllten ihn in seine Kleider und beerdigten ihn am Ufer der Insel. Unsere Zahl ward immer geringer, sie schmolz bald auf drei zusammen und schließlich blieb ich allein noch am Leben. Ich machte mir Vorwürfe und dachte: wäre ich doch vor meinen Gefährten gestorben, sie hätten mich doch gewaschen, eingehüllt und beerdigt, während jetzt niemand dies tun kann. Ich grub mir dann ein tiefes Grab und dachte, wenn ich meine Lebenskraft gesunken fühle, so lege ich mich hinein und sterbe darin.

Während ich damit beschäftigt war, konnte ich mich nicht enthalten, mir Vorstellungen darüber zu machen, dass ich schuld an meinem eigenen Unglück sei, und meine Reue zu gestehen, dass ich abermals ohne Not mich auf die Reise begeben habe.

Gott, der Allmächtige, flößte mir dann den Gedanken ein: Dieser Bach, der unter die Erde fließt, müsse notwendig an irgend einer Stelle wieder hervortreten. Wenn ich ein Floß baue und mich damit dem Laufe des Wassers anvertraue, so werde ich entweder mit Gottes Hilfe gerettet, oder zugrunde gehen; ist letzteres der Fall, so ist es doch besser auf dem Bache als hier umzukommen.

Ich fing sogleich an, das Floß zu bauen: ich machte es aus Schiffstrümmern und dicken Seilen, die von den gescheiterten Schiffen am Ufer umherlagen, und band sie so stark zusammen, dass ein Fahrzeug daraus entstand, wie ein Fischerkahn, so fest wie mit Nägeln beschlagen und ungefähr so breit wie der Bach. Als es fertig war, belud ich es mit einigen Packen Perlen, Edelsteinen, grauem Bernstein und Aloeholz. Ich packte alles mit einigen Pflanzen zur Nahrung fest zusammen und schiffte mich auf meinem Floß mit zwei kleinen Rudern ein, und überließ mich dem Laufe des Stroms, indem ich mich dem Segen des Allmächtigen empfahl.

Sowie ich mich in der Höhle befand, sah ich keine Tageshelle mehr, und der Lauf des Flusses riss mich fort, ohne dass ich bemerken konnte, wohin. Ich fuhr während einiger Tage in dieser Dunkelheit, ohne dass ich einen Lichtstrahl entdecken konnte. Ich fand zuweilen die Wölbung der Höhle so nieder, dass ich nahe daran war, mir den Kopf zu verletzen, auch war an manchen Stellen der Bach so eingeengt, dass ich die Ruder auf den Kahn legen musste. Ich bereute, was ich getan, und vor Todesangst vergaß ich Hunger und Durst. So ging das fort, bald schlief ich ein, bald erwachte ich wieder, bald wurde der Bach eingeengt,

*Endlich fiel ich vor Schwäche und Hunger
in einen festen Schlaf.*

bald war er wieder breit und die Strömung trieb den Kahn immer vorwärts. Endlich fiel ich vor Schwäche und Hunger in einen festen Schlaf, und als ich aufwachte, sah ich mich auf einem freien Felde, am Ufer eines Flusses, woselbst mein Floß angebunden war, und mitten unter einer großen Zahl Indianer und Schwarzer. Sie redeten mich an; ich verstand jedoch ihre Sprache nicht. In diesem Augenblick war ich so von Freude ergriffen, dass ich nicht wusste, ob ich wachte oder träumte, und rief mir die Worte des Dichters zu:

»Lasse dem Schicksal seinen Lauf und schlafe ohne Sorgen, im Augenblick, wo du darüber erschrickst, hat Gott schon alles anders gefügt.«

Einer der Schwarzen, welcher sah, dass ich nicht antworten konnte, sagte in arabischer Sprache: »Der Friede Gottes sei mit dir!«

Ich antwortete: »Mit dir sei Gottes Friede und Segen!« Drauf erzählte er mir: »Wir bewohnen das Feld, das du siehst, und sind gekommen, dasselbe aus dem Flusse zu bewässern. Wir bemerkten deinen Kahn, in welchem du schliefst. Wir haben ihn festgebunden und gewartet, bis du aufwachtest. Erzähle uns, wer du bist und wo du herkommst.« Ich antwortete ihnen, dass sie mir vorher etwas zu essen geben sollten, da ich sonst verhungere, und dass ich dann ihre Neugier befriedigen würde.

Sie brachten mir alsdann mehrere Speisen, womit ich meinen Hunger stillte. Als ich mich gestärkt und beruhigt hatte, erzählte ich ihnen ganz getreu alles, was mir zugestoßen war, und sie bezeugten mir ihre Verwunderung darüber. Sobald ich geendigt hatte, sagten sie untereinander: »Wir müssen unserem König Nachricht geben von diesem Fremden und ihn zu ihm führen.« Dann sagten sie mir:

»Wir wollen dich zu unserem König führen.«

Ich erwiderte, ich sei bereit, ihnen zu folgen. Sie nahmen mich alsbald in ihre Mitte und zogen auch den Kahn mit, in welchem alle meine Edelsteine, Perlen und Ambra waren. Als ich vor dem König stand, bewillkommte er mich, hieß mich zu ihm sitzen und erkundigte sich nach meinen Verhältnissen. Ich erzählte alles und der Mann, der mich angeredet hatte, verdolmetschte es ihm. Er war sehr erstaunt über mein Abenteuer und erwies mir viele Ehre, worauf ich ihm einige Perlen und Edelsteine zum Geschenk machte; er nahm das Geschenk an, ließ Speisen und Getränke auftragen und mir eine Wohnung im Schlosse einräumen. So lebte ich eine geraume Zeit bei ihm hochgeehrt und erzählte ihm von meiner Heimat und von der Regierung Harun Arraschids, wodurch mein Ansehen noch größer ward,

Eines Tages, als ich so dasaß, hörte ich, dass Kaufleute nach Baßrah reisen wollten; da ich sie kannte, beschloss ich, mich ihnen anzuschließen und dachte, der König wird mich ihnen empfehlen. Ich begab mich alsbald zu ihm, küsste die Erde vor ihm und teilte ihm meinen Entschluss mit. Er schickte alsbald zu den Kaufleuten, empfahl mich ihnen, machte mir viele Geschenke und stattete mich mit allen Reisebedürfnissen aus. So reisten wir denn im Vertrauen auf Gott, von Meer zu Meer und von Insel zu Insel, bis wir, nach Gottes Willen, in Baßrah anlangten, von wo ich nach wenigen Tagen mich nach Bagdad begab. Meine Familie hatte mich schon tot geglaubt und freute sich daher sehr über meine Ankunft. Ich teilte wieder viele Geschenke an meine Freunde, sowie an die Armen aus. Der Kalif hörte von meiner Rückkehr und ließ mich rufen. Ich küsste die Erde vor ihm und überreichte ihm seiner würdige Edelsteine und Perlen, sowie auch etwas Ambra und Aloeholz, und erzählte ihm auf sein Verlangen, was mir auf der ganzen Reise widerfahren, vom Tage an, als ich Bagdad verlassen hatte. Er nahm mein Geschenk an, hörte mir mit Erstaunen zu, erwies mir große Ehre und befahl seinen Sekretären, die ganze Geschichte niederzuschreiben und zur Belehrung für jeden, der sie hört, in der Schatzkammer aufzubewahren.

Ich lebte nun wieder in Bagdad, allen Genüssen des Lebens hingegeben und vergaß bald, was ich gelitten hatte.

Das sind meine Abenteuer von der sechsten Reise. Morgen komme wieder, sagte er zu Sindbad dem Landmann, um die meiner siebenten Reise zu vernehmen, die noch wunderbarer und entzückender sind. Er ließ ihm wieder hundert Dinare geben, und als er am folgenden Tag wiederkehrte und die übrigen Freunde beisammen waren und gegessen und getrunken hatten, begann Sindbad der Seefahrer also:

Sindbads siebente Reise

erade, nachdem ich einige Zeit höchst angenehm in Bagdad gelebt hatte, überwältigte mich wieder die Reiselust. Ich kaufte allerlei Waren, packte sie in Ballen zu einer Seereise und begab mich, blindlings der Leitung Gottes vertrauend, nach Baßrah. Hier fand ich ein großes Schiff mit vornehmen Kaufleuten, mit denen ich mich befreundete und einschiffte.

Als wir eine Strecke weit gefahren waren, erhob sich ein starker Sturm, und es regnete so stark, dass wir unsere

Ladungen mit allerlei Kleidungsstücken und Tüchern zudeckten, und zu Gott beteten, dass er die Gefahr von uns abwende; der Schiffskapitän aber umgürtete sich, nahm seine Zuflucht zu Gott vor Satan, stieg auf den Mastbaum und sah sich nach allen Seiten um; darauf schrie er die Leute, die auf dem Schiffe waren, an, schlug sich am Kopf und ins Gesicht, warf seinen Turban ab und raufte sich mit folgenden Worten seinen Bart: »Fleht Gott um Rettung an! Weint um euer Leben und sagt einander Lebewohl!« Wir fragten ihn, was geschehen sei? Er antwortete: »Wir sind von unserem Wege abgekommen und der Wind wird uns bald ans äußerste Ende der Welt gebracht haben.«

Er stieg dann vom Mastkorb herunter, öffnete eine Kiste und nahm einen blauen baumwollenen Beutel mit Erde gefüllt heraus. Darauf holte er eine Tasse Wasser, mischte die Erde unter dasselbe und roch daran, um davon zu kosten; darauf brachte er ein Buch herbei, las darin und brach in Jammer aus, indem er sprach: »Wisset, dieses Buch sagt etwas Wunderbares, das darauf deutet, dass, wer auf dieses Meer gerate, untergehe. Es heißt das Meer des königlichen Landes. Hier ist das Grab des Propheten Salomo, Sohn Davids, Friede sei mit ihm! Kein Schiff, das auf dieses Meer kommt, bleibt unbeschädigt.«

Wir waren sehr erstaunt über die Worte des Kapitäns. Kaum kamen wir jedoch wieder zu uns selbst, so krachte das Schiff nach einem heftigen Windstoß, von dem es getroffen worden war. Wir sagten einander Lebewohl, weinten und beteten das Totengebet und ergaben uns in den Willen Gottes. Da schwammen drei ungeheure Fische, groß wie Berge, auf uns zu und umgaben unser Schiff und der größte unter ihnen öffnete seinen Rachen, um das ganze Schiff zu verschlingen, denn er war so weit wie ein

Stadttor, oder wie ein breites Tal. Wir flehten Gottes Hilfe an und kurz drauf hob ein starker Sturmwind das Schiff in die Höhe und schmetterte es im Herunterfallen gegen den Kopf eines Fisches, so dass es in Stücke ging und wir alle ins Meer sanken.

Aber der erhabene Gott ließ uns ein großes Brett ergreifen, woran wir uns klammerten und ich ruderte wieder mit den Füßen, wie bei früheren Schiffbrüchen, Wind und Welle warfen uns damit an das Ufer einer Insel. Todeskrank von Hunger, Kälte, Durst, Müdigkeit und Wachen kamen wir daselbst wie elende Küchlein an. Ich machte mir Vorwürfe über das, was ich getan, und sagte zu mir: »Meine früheren Reisen haben mich nicht bekehrt; so oft ich in großer Gefahr war, habe ich mir vergebens vorgenommen, nicht mehr zu reisen, darum verdiene ich, bei Gott, was mir widerfährt, denn ich lebte in größtem Wohlstand und Gottes Huld hatte mir geschenkt, was ich nur wünschen konnte. Ich weinte lange, flehte Gottes Gnade an und rief ihn als Zeugen auf, dass ich, wenn ich diesmal gerettet werde, nie mehr meine Heimat verlassen und nie mehr von einer Reise sprechen würde, ging mit zerknirschtem Gemüt am Meeresufer umher, indem ich mir die Verse des Dichters ins Gedächtnis zurückrief:

»Wenn die Dinge sich verwickeln und einen Knoten bilden, so kommt eine Bestimmung vom Himmel und entwirrt sie. Habe Geduld; was dunkel war, wird hell werden, und der den Knoten geknüpft hat, wird ihn vielleicht auch wieder lösen.«

So irrte ich lange am Meeresufer umher, aß von den Pflanzen der Erde und trank das Wasser der Quellen. Als ich so längere Zeit in Jammer und vielfacher Not gelebt und mir den Tod gewünscht hatte, fiel es mir ein, wieder einen kleinen Nachen zu bauen und darauf, wie früher einmal, das Meer zu befahren. Ich dachte: werde ich gerettet, so ist es eine Fügung Gottes, gehe ich unter, so ist meine Qual zu Ende.

Ich sammelte mir dann Holz und Bretter von den gestrandeten Schiffen, zerriss mein Kleid und flocht einen Strick daraus, womit ich die Bretter und das Holz fest zusammenband, dann ließ ich den Nachen ins Meer und ruderte darauf drei Tage lang, ohne zu essen oder zu trinken, auch ließ mich die Furcht nicht schlafen. Am vierten Tage kam ich an einen hohen Berg, aus welchem Wasser in die Erde floss. Ich hielt hier an und sagte zu mir: Es gibt keinen Schutz und keine Macht, außer bei Gott, dem Erhabenen! Wärest du doch an deinem Platze geblieben und hättest Datteln und andere Pflanzen gegessen. Hier jedoch musst du umkommen! Eine Rückkehr war jedoch nicht möglich, denn ich konnte den Kahn in seinem Laufe nicht aufhalten, den der Fluss unter den Berg, wie unter eine Brücke, durchtrieb. Ich legte mich in den Nachen, doch war dessen Raum so eng, dass ich oft Seiten und Rücken an den Bergwänden aufstieß.

Nach einiger Zeit kam ich mit Gottes Hilfe wieder unter dem Berge hervor in ein weites Tal, in das hinab sich das Wasser mit einem donnerähnlichen Geräusch ergoss. Ich hielt mich mit der Hand an dem Nachen fest, mit dem die Wellen rechts und links spielten. Ich fürchtete mich sehr, ins Wasser zu fallen, und vergaß darüber Essen und Trinken: indessen schwamm der Nachen, von der Strömung und dem Winde pfeilschnell getrieben, bis mich die Bestimmung nach einer volkreichen Stadt von großem Umfang brachte. Da ich außerstande war, den Nachen anzuhalten, so warfen mir die Leute der Stadt, als sie mich sahen, Stricke zu, die ich jedoch nicht fassen konnte, bis sie zuletzt ein großes Netz über den ganzen Nachen zogen und mich damit ans Land brachten. Ich war nackt und abgehärmt wie ein Toter, vor Hunger und Durst, Wachen und Anstrengung. Da kam ein Mann auf mich zu, warf ein hübsches Kleid um mich, und nahm mich mit sich nach Hause, wo er mich in ein Bad führte. Alle seine Leute hießen mich freudig willkommen, hießen mich sitzen und brachten mir zu essen. Ich aß, bis ich satt war, denn ich war sehr hungrig. Dann brachten mir Knaben und Sklavinnen warmes Wasser, womit ich mir die Hände wusch. Hierauf dankte ich Gott, der mich gerettet. Auch wurde mir ein besonderer Ort an der Seite des Hauses angewiesen, woselbst ich von Sklaven und Sklavinnen bedient wurde. So blieb ich drei Tage lang, am vierten Tage kam der Alte und sagte: »Herr, du bist uns willkommen, und das Jahr ist durch deine glückliche Ankunft gesegnet.«

Meine Antwort war: »Gott erhalte dich und belohne dich für das, was du an mir tust!«

Er jedoch sagte zu mir: »Wisse, mein Sohn! Während du hier als Gast weilest, habe ich durch meine Diener deine Waren ans Land bringen und inzwischen trocknen lassen. Willst du nun mit mir auf den Markt gehen und sehen, wie sie verkauft werden?«

Ich wusste nicht, was ich antworten sollte, da ich keine Waren mitgebracht hatte.

Ich sagte ihm dann: »Mein Vater! Du weißt das besser.«

Er versetzte: »Das ist deine Sache, lass uns gehen, um deine Waren zu verkaufen und andere einzutauschen, und um auch selbst mit den Kaufleuten bekannt zu werden.«

Ich gehorchte und folgte ihm.

Auf dem Markte grüßten und bewillkommten mich alle anwesenden Handelsleute und wünschten mir Glück zu meiner Rettung. Zugleich fand ich, dass unter den Waren, wovon der Alte gesprochen hatte, die Balken und Bretter verstanden waren, die ich auf der Insel gesammelt hatte. Als der Makler das Holz ausrief, überboten sich die Kaufleute bis zu 10 000 Dinaren. Dann bot niemand mehr.

Der Alte sagte zu mir: »Mein Sohn! Das ist der jetzige Wert deiner Ware, die im Augenblick nicht gesucht ist, wenn du willst, kannst du sie verkaufen, wenn du sie aber noch liegen lassen willst, so kannst du einen höheren Preis erzielen.«

Ich sagte: »Ich überlasse es deinem Gutdünken.«

Darauf erwiderte er: »Nun, ich will dir noch weitere hundert Dinare geben, wenn du mir dein Holz verkaufen willst.«

Ich schloss den Handel ab, worauf er das Holz in sein Magazin bringen ließ und mit mir in das Haus ging, das er mir angewiesen hatte und er schickte mir 10 100 Dinare und eine Kiste mit einem Schloss und sagte mir, ich soll das Geld verschließen und den Schlüssel bei mir tragen, da ich nichts davon auszugeben brauche, so lange ich bei ihm bleibe.

Nach Verlauf einiger Zeit nahte er sich eines Tags mir mit den Worten: »Ich will dir einen Vorschlag machen, willst du ihn annehmen?«

»Lass hören«, war meine Antwort.

»Wisse«, fuhr er fort, »ich bin ein alter, reicher Mann, habe keinen Sohn, wohl aber eine junge Tochter von schönem Gesichte und hübschem Wuchs. Ich wünsche, dass du sie heiratest, bei mir bleibest und mein Sohn werdest; ich übergebe dir mein ganzes Vermögen.«

Ich schwieg, denn so viele Güte beschämte mich.

Er aber fuhr fort: »Tue, wie du willst, du kannst meine Tochter heiraten, oder auch so hier bleiben, ohne an etwas Mangel zu leiden, oder mit Waren in deine Heimat zurückkehren. Unser Land«, fügte er hinzu, »ist die Grenze des bewohnten Landes, hinter uns beginnt der vierte Weltteil, der unbewohnt ist.«

Auf alles dies konnte ich bloß erwidern: »Tue, Herr! Mit deinem Knechte, wie du willst, du bist ja wie ein Vater gegen mich, ich bin hier fremd und habe auch infolge meiner vielen Leiden und Strapazen jede Einsicht verloren.« Er ließ hierauf den Kadi und Zeugen rufen und verheiratete mich mit seiner Tochter, indem er ein großes Fest veranstaltete und mich ihr zuführte. Ich fand sie, wie er gesagt hatte, wunderschön, liebenswürdig und hübsch gewachsen. Sie hatte einen reichen Schmuck an Ketten, Juwelen und goldenen Ringen, die waren wohl tausend Dinare wert. Den Wert ihrer Kleider aber konnte niemand schätzen. Ich lebte eine Zeitlang mit ihr. Ihr Vater hatte mich zum Herrn aller seiner Güter gemacht, und ich war wie ein Eingeborener der Stadt und trieb großen Handel.

Ich entdeckte, wie bei jedem Neumonde den Leuten Flügel wuchsen und ihre ganze Gestalt sich veränderte und die der Vögel annahm; sie flogen gen Himmel, und nur die Kinder blieben zu Hause.

Als nun wieder einmal Neumond war und die Leute ihre Gestalten veränderten, hing ich mich an einen fest und sagte: »Bei Gott, du musst mich mitnehmen.«

Er drehte sich herum und sagte mir: »Dies ist unmöglich.«

Mit vieler Mühe brachte ich es endlich dahin, dass er mich auf den Rücken nahm, mit mir so hoch in die Luft flog, dass ich hören konnte, wie die Engel Gott preisen.

Darauf rief ich: »Gelobt und gepriesen sei Gott!«

Aber kaum hatte ich diese Worte gesagt, da fiel ein starkes Feuer vom Himmel auf sie, dass sie fast verbrannten, sie entflohen sämtlich, und derjenige, der mich trug, warf mich auf den Gipfel eines hohen Berges. Sie waren alle ganz mutlos, schalten auf mich, gingen fort und ließen mich allein. Ich bereute, was ich mir selbst getan und sagte: Es gibt keinen Schutz und keine Macht, außer bei Gott, dem Erhabenen! So oft mir Gott gnädig ist und mich aus einer schlimmen Lage befreit, stürze ich mich in eine andere; ich machte mir Vorwürfe, etwas unternommen zu haben, das über meine Kräfte war. Ich ging an den Seiten des Berges herum, ohne zu wissen, wohin? Da begegneten mir zwei Jünglinge, welche wie der Mond aussahen, jeder von ihnen hatte einen goldenen Stock in der Hand. Ich ging auf sie zu, und wir begrüßten uns.

Dann sagte ich ihnen: »Ich beschwöre euch bei Gott, wer seid ihr?«

Sie antworteten: »Wir sind Einsiedler, die auf diesem Berge wohnen und Gott anbeten.«

Sie gaben mir auch einen Stock, wie sie einen hatten, gingen ihres Weges und ließen mich allein. Da kam auf einmal eine große Schlange unter dem Berge hervor und trug im Rachen einen Mann, der nur noch mit dem Kopfe heraussah.

Der Mann schrie: »Wer von dieser Schlange mich befreit, den wird Gott vor jedem Unheil bewahren.«

Ich schlug die Schlange mit dem goldenen Stocke, den mir die Jünglinge gegeben hatten, und sie spie den Mann aus. Ich schlug sie dann noch einmal und sie entfloh.

Da kam der Mann und sagte mir: »Weil du mich so tapfer gerettet hast, so will ich dein Gefährte werden und dir beistehen.«

Ich hieß ihn willkommen und ging eine Weile mit ihm auf dem Berge umher. Da nahte sich uns eine Menge Menschen, und siehe da! der Mann, der mich auf dem Nacken getragen hatte, war unter ihnen.

Ich grüßte ihn und sagte: »Ist es so, dass Brüder gegeneinander verfahren?«

Der Mann antwortete: »Freund! Du hättest uns beinahe ins Verderben gestürzt, dadurch dass du den Namen Gottes erwähntest.«

Ich bat ihn um Verzeihung und er ließ sich bewegen, mich auf seinen Rücken zu nehmen, jedoch musste ich die Bedingung eingehen, den Namen Gottes nicht mehr auszusprechen. Ich gab hierauf den goldenen Stock dem Mann, den ich von der Schlange befreit hatte, und nahm Abschied von ihm. Ich kam kurz darauf auf dem Rücken meines neuen Landmanns zu Hause an. Meine Frau, der ich von meiner Reise nichts gesagt hatte, und jetzt erst erzählte, wie es mir gegangen, wünschte mir Glück zu meiner Rettung und riet mir, nie mehr mit den Leuten dieser Stadt umzugehen, da sie ungläubige Genien seien, die den Namen Gottes nicht kennen und ihn nicht anbeten.

Sie fuhr dann fort: »Da mein Vater tot ist und wir hier niemanden mehr haben, so wollen wir unsere Güter verkaufen und in deine Heimat ziehen.«

Ich gab meine Einwilligung dazu und wartete, bis jemand aus der Stadt auch abreisen wollte; um mich ihm anzuschließen. Eines Tages hörte ich, dass eine Anzahl Fremder, die sich in der Stadt aufhielten, abreisen wollten und dass sie ein großes Schiff gebaut hatten. Ich begab mich zu ihnen, mietete einen Platz, schiffte mich mit meiner Frau und aller meiner beweglichen Habe ein, und ließ die liegenden Güter zurück, und wir reisten von Insel zu Insel und von Meer zu Meer, bis wir glücklich in Baßrah anlangten. In Baßrah hielt ich mich nicht auf, sondern ging schnell nach Bagdad, der Friedensstadt.

Gelobt sei Gott! Der mich mit meinen Freunden, worunter auch du, Sindbad der Lastträger, gehörst, wieder vereinigt hat.

*Das ist der Schluss
der Erzählung Sindbads.*